お父さん、気づいたね！

声を失くしたダウン症の息子から教わったこと

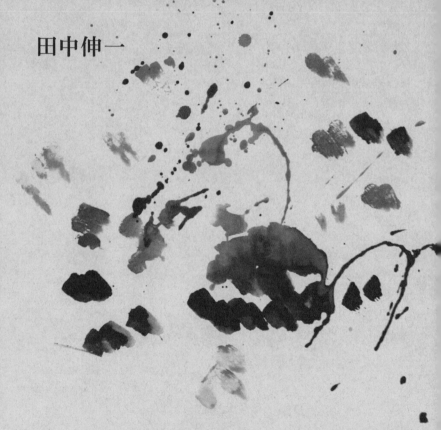

田中伸一

地《ち》湧《ゆう》社

お父さん、気づいたね！

声を失くしたダウン症の息子から教わったこと

苦しかった～。息できないんだもん。死ぬかと思った。
でも、だいじょうぶ。
ぼくは生きている。
だから、おもいっきり生きることを楽しむの。

ぼくはいつも自分の気持ちのまま。
うれしいときは、とびはねる。イヤなときはイヤイヤって手をふる。
やりたくないことはやらない。できないことはできない。
でも、チャレンジすることは力いっぱいチャレンジする。
うまくいけばうれしいし、うまくいかなければ、しかたないってあきらめる。

ぼくはいつも観察する。
そこにあるもの、そこにいる人をじっと見る。

めずらしいもの、いつもと同じもの、おもしろそうなもの、
まなぶことも、気づくこともたくさんある。
この世界を探検してるんだ。

ぼくはいつも心と体を感じる。
うれしい。楽しい。おいしい。気持ちいい。痛い。苦しい。イヤな感じ。
がまんすることもあるよ。
どれも大切なことだ。
それが生きてるってことだもん。

そんなぼくを見て、おとうさんは少しずつ変わっていったね。
おとうさん、気づいたね。

目　次

第一章

予期せぬ現実——命と向き合う

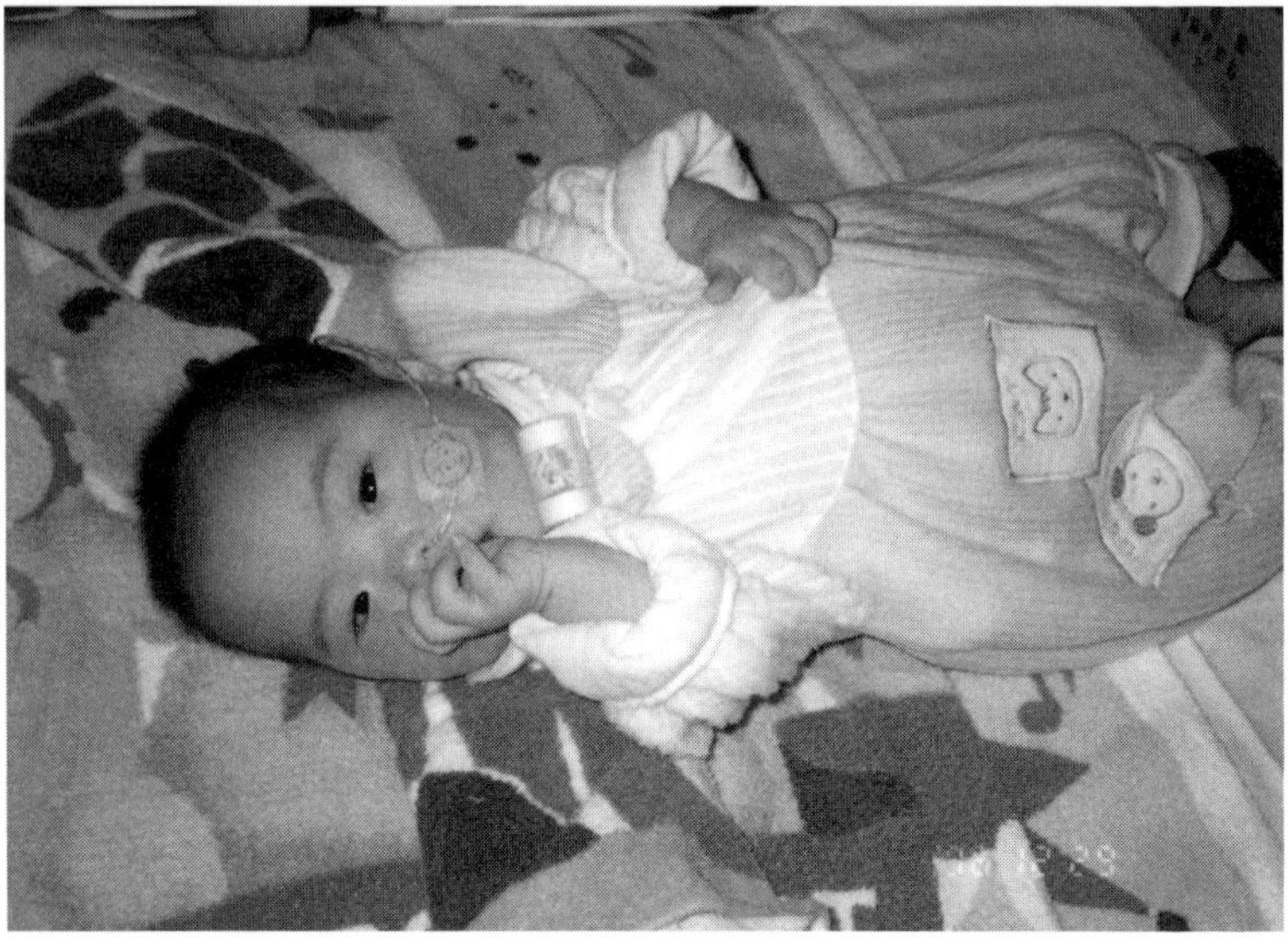

1. とまどい

誕生

人生を変える予期せぬ日が、二十六歳で訪れた。

電話の音で目が覚めた。カーテン越しに朝の光が差し込んでいる。

枕元にある目覚まし時計に目をやる。まだ五時前だ。こんな時間に誰だろう、と思いながら受話器を取った。

「もしもし、田中ですが」

「しんちゃんかい？」

義母の声。心なしか弾んでいるように聞こえた。

「あっ、お母さん、どうかしましたか？」

「赤ちゃん生まれたよ。早うおいで」

「えーっ、もう生まれたんですか?」

妻のさち子が実家に帰ったのは四日前。予定より半月以上も早い出産だ。こんなに早く生まれるとは思いもよらなかった。

一九九六年六月二十九日、長男が誕生した。我が家の第二子だ。最初の子が女の子なので、一姫二太郎になる。うれしいことだが、同時に少しあせった。まだ名前が決まっていない。赤ちゃんが生まれるまでに名前を考えると妻と約束していた。十日以内に決めて出生届を出さないといけない。

二年前に生まれた長女の美有《みゆ》は、ほぼ予定通りの出産で、すでに名前も決まっていた。初めての赤ちゃんなので名づけ本を数冊買って、予定日に合わせて妻と二人で女の子の名前をじっくり考えた。いくつか候補をしぼりこみ、「この名前、かわいいね」「こっちもいいね」と言いながら、二人で近所の川沿いを散歩した。そのときは、妻は実家に戻らず、出産後は自宅のアパートから近い私の実家で過ごした。でも、今回は美有を連れての里帰り出産で、一緒に考えられない。名前をつけるのは、名前へのこだわりが強い私の役割になっていた。

長男の名前はあとで考えることにしてすぐに出かけた。土曜で会社は休みだ。

気持ちいい青空が広がっていた。車の窓を開け、暖かい風を浴びながら、福岡県豊前市の自宅から一時間半の道のりを走る。山道や田畑を抜け、妻の実家近くの産婦人科に着いた。

赤ちゃんと初対面。ガラス越しに保育器に入っている赤ちゃんを見ていると、看護師さんが見えやすいように抱きかかえてくれた。赤ちゃんは元気よく泣いている。

ちっちゃくて、かわいい。

「おとうさんだよ～」両手を振りながら声をかける。自分でもくちゃくちゃな笑顔になっているのがわかった。

あらためて妻の病室へ行き、「ありがとう」と感謝を伝える。

「赤ちゃん、どうやった?」

「かわいかったよ。元気に泣いてた」

「そう、よかった」

妻はほっとした表情で言った。そして、やっぱり聞かれた。

「ねえ、名前決めた？」

「んー、まだ……。予定より早かったしね。これから考えるよ」

学校の宿題を忘れた子どものような気持ちになった。

「早く決めてね。名前で呼びたいから」

「そうやね」

しばらくすると病室をノックする音がした。看護師さんが入ってきて言った。

「先生がお父さんにお話があるそうなので診察室に来てください」

なんだろう？と思いながら、診察室に向かう。

ダウン症？

「実は、お父さんにお話ししないといけないことがあります」

医師はゆっくりと落ち着いた口調で言った。

「はい」と答えたものの、何を言われるのかと少し不安な気持ちになった。

「まだ、しっかりとした検査をしないとわからないのですが、お子さんはダウン症のようです」

「ダウン症……」

一瞬ときが止まったような気がした。ダウン症、聞いたことがあるような気もするが、よくわからない。でも、なんだか普通ではいられない気がした。困惑した私の表情を見ながら医師は続けた。

「ダウン症は、普通の人より染色体が一本多い染色体異常の一種です。知的障がいがあったり、いろんな面で発育が遅れ、身体的にも異常がみられることがあります」

生まれて早々そんなことを言われても、なんと言っていいのかわからない。ただ、とまどうだけだ。そして漠然とした不安が私を襲ってきた。染色体が一本多い？　それって治らないの？　知的障がい？　この子は普通じゃなくなるの？　一生そういう状態？

私の様子を察して、医師は気持ちを和らげるように言った。

「まだ、はっきりとダウン症と決まったわけではありません。これから検査をします。一か月ぐらいしたら検査結果が出ますので、正式にはそれまで待ってください」

「そうですよね。まだダウン症って決まったわけじゃないんですよね」

普通の子であってほしいと願った。

「お母さんには検査結果が出るまでは黙っておきます。出産直後は精神的に不安定なので」

「そうですね……。わかりました。それを知っているのは私だけということですよね」

「はい、お父さんだけになります」

誰にも言えないのか……。

落ち込んだ気持ちを顔に出さないように、大きく深呼吸して、妻のいる病室に戻った。


「先生となん話しよったん?」

「少し早く生まれたんで、いろいろ検査するって」

ベッド脇の丸椅子に腰かけた。

「そうね」と妻は納得してくれたようだ。

検査するのは本当だが、「ダウン症かもしれない」とは言えない。

その後の妻との会話は半分うわの空になった。頭の中で「ダウン症」という言葉が渦巻き、息子の将来への不安がのしかかる。外は晴れわたっているのに、世界が薄暗く、灰色に感じる。この子は普通に生活できるのだろうか？　学校に行けるのだろうか？　友だちはできるのだろうか？　就職して働くことはできるのだろうか？　恋愛や結婚はできるのだろうか？　この子に普通の幸せは一生来ないかもしれない……。

その日は妻の実家に泊まり、美有と一晩過ごした。翌日、日曜日の午後、病院にいる妻や娘と別れ、本屋さんに向かう。ダウン症に関する本を探し、二冊購入した。自宅に帰るとすぐにリビングのテーブルの上に本を広げ、読みはじめた。その一冊には次のように書かれていた。

ダウン症とは「二一番染色体が過剰に存在するために細胞のはたらきが十分でなく、その結果として身体の機能に未熟な面が起こる可能性が高くなる生まれつきの体質である」と定義します。

（飯沼和三著『ダウン症は病気じゃない　正しい理解と保育・療育のために』）

染色体が一本多いため見た目の違いや知的障がいがあり、そこに心臓病などを併発するケースが多いらしい。ただ、こんなことも書いてあった。

ダウン症といっても、さまざまな身体の機能のうち、どれが障害として認められるのかには個人差があり、さらに生まれつきの条件に環境の条件が加わって障害が生じていると理解します。だから、あるダウン症児にはたくさんの障害が最初から見られるのに、別の子どもはほとんど健常者と区別ができないほどの恵まれた身体で生まれているというちがいがありえます。ダウン症だから、必ずある一定の障害をもつ障害児だと決めつけるのはまちがいです。（同右）

障がいの程度が軽い場合は、大学まで行く人もいる。仕事をして結婚して普通の人とほとんど変わらない生活をしている人もいる。仮にこの子がダウン症であったとしても、きっと障がいの程度は軽く、普通と変わらないだろう。そんなに悲観することはないかもしれない。何の根拠もないが、そう思おうとした。

でも、「染色体が一本多い」となると、治療なんてできるわけがない。将来的に医療が進歩しても体中のすべての細胞から染色体を減らすなんて不可能だ。知的障がいがあったら、普通の社会人としての会話さえ、一生できない……。生まれたばかりの自分の子の将来に希望が持てないと思うと、ゾーッとして鳥肌が立った。これまでの人生では経験したことのない空恐ろしさだった。その恐ろしさを感じないために、「息子がダウン症であったとしても障がいの程度は軽いはずだ」と信じるしかなかった。

赤ちゃんの名前

赤ちゃんが生まれて二日後、妻から電話があった。

「血液検査をしたら血小板が極端に少なくて、貧血もあるみたいなんよ。輸血せんといかんみたい。体重も少ないし、この病院じゃ対応できんから大きな病院に転院することになるって」と心配そうに言った。生まれたのが早かったこともあり、体重は二二八〇グラムの低出生体重児でもあった。

「大丈夫かな?」そう答えながら、私はダウン症の合併症が起こりはじめているんじゃないかと思った。

「うん……。しばらく様子を見らんといかんって言われた。赤ちゃんもがんばってるみたいだし」

黙っている私に妻が続けた。

「ねえ、名前決めた？」

「いや……まだ……」頭の中はダウン症のことでいっぱいで、名前を考える余裕はない。でも、それは言えない。

「早く名前を決めて。名前で呼ばんとかわいそうやん」妻の言うとおりだ。

「うん、考えるよ」

あとで聞いたが、このとき妻は、早産で生まれた赤ちゃんが、もし死んでしまったらどうしようと最悪のことも考えていた。もしこのまま死んだら、名前もなく死んでしまう。それだけは避けたい、と強く思っていたらしい。

生まれたばかりの赤ちゃんは、妻とは別の病院に一人で救急車に乗せられて転院した。妻は元の病院。二歳の美有は妻の実家。そして、私は自宅。みんなバラバラだ。赤ちゃんが生まれてうれしいはずなのに、不安しかない。

次の週末、私は一人で赤ちゃんのいる病院へ向かった。妻は退院していたが、病気の赤ちゃんを見るのが怖くて一緒に行くことができなかった。一週間ぶりに赤ちゃんに会う。ガラス越しに遠くから見る赤ちゃんは、保育器の中で何か管につながれていた。眠っているようだ。まだ触れることはできない。でも、やっぱりかわいい。「本当にダウン症なのかな？」と思った。

赤ちゃんが生まれて二週間後、今度は家族みんなで赤ちゃんのいる病院へ行った。

「しょうちゃ～ん！」

みんなで赤ちゃんの名前を呼んだ。

名前が決まって、妻も少し落ち着いていた。名前は親が子どもに贈る最大のプレゼント。名づけの本に書いてあった。確かにそうだ。名前は一度つけると一生その名前で呼ばれることになる。真剣に考えた。今の私にできることは、それしかない。

長女の美有のときもそうだが、まずは音で考える。音にはそれぞれバイブレーションがあり、意味もある。呼ばれ続けると、その音によって脳も影響を受けるらしい。音同士の相性もある。母親の名前との音の相性。これが一番重要なようだ。父親や姉弟の名前の音との相性もある。それで音を絞りこみ、漢字を当てはめる。漢字の意味や見た目のバランスも考えながら、最終的には画数で選ぶ。将来子どもが姓名判断をするかもしれない。そのときに、「最高の名前ですね」って言われるだけでもうれしいはずだ。自分の人生に自信や希望が持てる。そんな名前にしようと思った。

「彰悟《しょうご》」

そうしてつけた最高の名前だ。妻も喜んでくれた。この「彰悟」という名前が、息子のこれからの人生を物語る驚くべき意味を秘めていたことを、このとき私は知らない。

名前のほかにもうひとつ、彰悟にとって大切なものを病院に持ってきた。冷凍した母乳だ。保育器の中にいる彰悟には直接母乳をやることができない。妻はガラス越しにしか見ることができない彰悟のために、一日に何度も、青あざになるほどおっぱいを絞り、冷凍パックしていた。妻ができる精一杯のことだ。

「しょうちゃん。おかあさん、おっぱい持ってきたよ。がんばってね」

妻のやさしい声が私の胸にも響いた。

生まれて一か月が経ち、ダウン症の診断結果を知らされる日が来た。妻はまだ何も知らない。彰悟の病院へ二人で向かう。

診察室には主治医が座っていた。私たちを前に主治医は告げた。

「彰悟くんはダウン症です」

そうか……。

その頃には心の準備はできていた。それよりも、妻がどう受け止めるかのほうが心配だった。妻もダウン症についてあまり知識がなかったようで、主治医にいろいろと質問しながら、次第に混乱していくのがわかった。

診察室を出て二人になると、主治医とのやりとりを黙って聞いていた私に妻が問いただすように言った。

「しょうちゃんのダウン症、知っとったん？」

「うん……。正式には今日聞いたけど。しょうちゃんが生まれてすぐに、先生からダウン症かもしれんって言われた。でも、検査せんとわからんって。そして今日、検査結果を初めて聞いた。先生からは、さち子には伝えんようにって言われてた。ダウン症じゃないかもしれんし、出産後は精神的に不安定な時期だからって」

「……」妻は無言だった。でも本当はどうしようもない不安を私にぶつけたかったのだろう。

帰りの車の中で、彰悟のこれからのことについて話をした。一か月前に私が感じた不安を妻も同じように、いや、私以上に感じていた。それ以来、我が家の雰囲気は重苦しくなっていった。

世界一かわいい泣き声

八月に入ると、彰悟の血液も安心できる状態になった。ダウン症の正式な診断結果を告げられて二週間が経った八月九日、生まれて四十二日目にして、やっと退院することになった。初めて彰悟を自宅に迎え入れ、ここから家族四人の生活が始まる。

子どもは二人目なので、お風呂やおむつにも慣れていた。美有は生まれたばかりの弟がかわいいようで、いつもうれしそうな笑顔で「しょうちゃん」「しょうちゃん」と呼びかけている。一年前ぐらいに美有が言葉を口にしはじめたとき、「おと、おと」「おと、おと」とよく言っていた。何でそう言いはじめたのかはわからないが「弟が欲しいのかな」と妻と笑いながら話していた。

妻は彰悟と暮らすようになって、精神的にも落ち着いてきた。

ダウン症だからといって私たちの子としては何も変わらない。実際、まだ生まれて一か月半では、見た目も普通の子と変わらない。むしろ、これまで一緒にいられなかった分、かわいさが増しているような気がした。彰悟の将来がどうなるかはわからないが、今、一緒に過ごせるこの時間を大切にしようと思った。

彰悟の一番のチャームポイントは「おんぎゃー、おんぎゃー」という泣き声。これまでに聞いたことのないかわいい泣き声だった。

「しょうちゃんの泣き声、めちゃくちゃかわいくない？」と言うと、「うん、かわいい！」と妻も同じように思っていた。テレビや映画で赤ちゃんの泣き声が必要なときは「この子の泣き声を使ってほしい！」、いや「絶対使ったほうがいい！」と思うほど世界一かわいい泣き声だ。普通は赤ちゃんが泣くと、ミルクかな？おむつかな？と考えながら、泣き止んでくれるように抱っこしてあやす。でも、彰悟の泣き声はあまりにもかわいいので、そのままにして、もうちょっと聞きたい気分になってしまう。

彰悟が生まれた日、「ダウン症のようです」と主治医に告げられたときは、絶望すら感じたが、こうして一緒にいると、そのときの暗い気持ちは吹き飛んでいった。

2. 生死をさまよう

突然の呼吸困難

一緒に暮らすようになって一か月近くたった九月五日、彰悟の体に突然の異変が起きた。

日中は暑いものの朝夕は過ごしやすくなってきた。リビングのベランダ側にあるサッシを開けていると、網戸を通り抜け涼しい風が入ってくる。リーン、リーンという鈴虫の鳴き声も聞こえてくる。家族みんなで夕食をすませ、くつろいでいた。

「コホッ、コホッ」

突然、ソファーに寝かせていた彰悟がむせび出した。

「しょうちゃん！　だいじょうぶ⁉」

背中をさすり様子をみるが、咳は止まらない。妻と美有と三人で見守るが、だんだんと呼吸が激しくなってくる。顔は青ざめ、息ができないほど苦しんでいる。ベビー服の胸元を開くと、肋骨を異常なくらい陥没させながら呼吸しているのが見えた。

『息ができない！　助けてー！』

彰悟の叫び声が聞こえてくるようだ。

私の心臓もドキドキ、バクバクする。彰悟の命の危険を感じながら、あせりと不安のパニック状態の中、病院へ向かって車を飛ばす。紹介状をもらっていた隣町の総合病院へ着くと、すぐに処置室に運ばれた。

シーンとした夜の病院、廊下の長椅子に座り、妻と美有と三人、彰悟の無事を祈る。何とか一命はとりとめたようだが、どういう状態かはわからない。少しでも早く彰悟の無事な姿を見たい。だが、処置はなかなか終わらない。

「しょうちゃん、だいじょうぶ？」心配そうに美有が言った。

「病院に来たから大丈夫よ。お医者さんが治してくれるよ」

私は自分自身に言い聞かせるように答えた。しばらくして看護師さんから呼ばれた。

「しょうちゃん！」

保育器の中にいる彰悟のところへみんなでかけ寄った。

口からは管のようなものが突き出ている。よく見るとセメダインのような接着剤で管と口のまわりが塗り固められていた。痛々しい。見ているだけで顔がゆがんでくる。何でこんな姿に……。

医師が彰悟の状況を説明してくれた。病名は「肺炎」。その影響で呼吸困難になったようだ。呼吸を安全にするため、口から気管の奥まで管を通して気道を確保している。挿管しているため声帯もふさがれ、声は出せない。その姿を見るだけで胸が締めつけられた。

「この管はいつになったら外せるんですか？」

口から十センチほど突き出た管に目をやりながら医師に尋ねた。

「肺炎が落ち着いたら気道もしっかりするでしょう。気道がしっかりすれば、管も抜けると思います」と言われた。

入院生活の始まり

彰悟が家に来て、家族四人での生活はたった二十八日間だった。また入院生活が始まる。今度は妻も介護で付き添い入院することになった。気道を確保するために口から気管の奥まで管を入れている。もし、何かのはずみで管が抜けたら窒息する。この管が命綱だ。管が外れないようにいつもそばで見ている人が必要だ。妻がその役割を担う。口には管が取れないように羽根のようなものが装着され、セメダインのような接着剤で口の左右に固定されていた。口からはミルクが飲めないため、鼻から栄養チューブを入れて胃に送る。彰悟の手が管に触れると危険なので、両腕に重しを乗せ固定し、姿勢も仰向けのまま動けないようにされている。かわいそうで仕方なかった。入院期間の目安は一か月。この一か月を乗り切れば、元気になった彰悟と家族四人で一緒に暮らせる。その希望が家族みんなの支えだ。

美有は実家に預けることにした。最初の二週間は私の実家、次の二週間は妻の実家へ。私の両親はともに会社勤めのため、母に二週間の休暇を取ってもらった。両親は彰悟のことを心配しながらも、かわいい孫娘とずっと一緒に過ごせるので、思いのほか楽しんでいるようだった。

私は変わりなく会社へ通うが、生活にはそれまでとは違う張りが生まれた。上司に息子の入院を報告し、早く帰る日を決めて、その日は仕事を定時に終わらせるようにした。週に二、三日、仕事を早く終えた日はダッシュで家に帰り、車に飛び乗りスーパーで二人分のお弁当を買い、病院に向かった。

彰悟が病気で大変な状況だが、仕事を終え、二人に会うのが心からうれしくて愛おしいと思える。家族と一緒にいられることの幸せをこんなにも感じられるようになったのは、間違いなく彰悟のおかげだ。

お弁当を食べ終えると、妻は洗濯物や荷物をまとめて家に帰る。私が乗ってきた車で二十分かけて自宅に着くと、洗濯したり、お風呂に入ったり、入院生活に必要な買い物をしたりで大忙しだ。

妻が再び戻ってくるまでの三時間が私と彰悟二人だけの時間になる。彰悟からは目を離せないので、じっと見ている。痛々しいけど、とってもかわいい。ちょっとした表情の変化や指の動きが私の心を動かす。

「苦しいのかな?」「大丈夫そうだ」「こっち見てるね」「お父さんと二人だよ」

ときどき、固定された腕の小さな手のひらに、私の指をそっとのせる。彰悟はほとんど体を動かせないが、私の指をギュッと握ってくれることがあった。思わず笑みがこぼれる。小さく柔らかい手のぬくもりが私の心を癒してくれた。


週末には美有に会える。金曜日は仕事を終えて美有を預けている私の実家へ向かう。私が着くと車の音でわかり、美有が玄関から飛び出してくる。

「おとうさ~ん!」美有が駆け寄りながら大きな声で呼ぶ。

「みゆちゃ~ん!」私も大きな声で呼びながら、抱きかかえる。

美有が私と妻のどちらにも一週間会えないことは初めてで、一晩べったりと一緒に過ごした。かわいい娘との時間も愛おしかった。

美有も弟が大変なことはよくわかっている。でも、あとになって母から聞いたが、夜になるといつも玄関に行き、「おかあさんにあいたいよ~。おとうさんにあいたいよ~。おうちかえる~」と泣きじゃくっていたらしい。こらえきれない寂しさを抱えながら、美有もがんばっていた。

明くる土曜日に妻と交替して、日曜日にかけては妻が美有と過ごし、そのあいだ私が病院に泊まった。付き添い入院を妻と代わって思ったが、夜ぐっすりとは眠れない。彰悟の呼吸の状態が気になり、三十分から一時間おきに目が覚めてしまう。ベッドの横の床に敷いたマットから起き上がり、彰悟に目をやる。口から管は出ているが、すやすや寝ている姿を見て一安心。再度眠りにつく。一晩で何度もそれを繰り返す。私は週に一度だが、妻はそれが毎日続く。

管を外せない!?

彰悟が呼吸困難で入院して半月が過ぎた。肺炎は治り、口から入れている管を抜くことになった。

これで退院できる。家に戻れる。家族四人で一緒に暮らせる。

そう思うだけで幸せな気持ちになれた。

彰悟が処置室から出てきた。

「えっ！」

私も妻も絶句した。

口から管が出ている。挿管したままだ。

信じられない。

肺炎は治ったはずなのに……。

主治医から説明があった。

「肺炎は治ったんですが、管をずっと入れていたため気道が弱くなっていて、抜管すると気道がふさがってしまって……。挿管して気道を確保しないと呼吸ができなくなってしまいます。それで挿管することにしました」

「肺炎が治ったら管は抜けるって、言われましたよね！」

私は両手のこぶしを握りしめ、主治医に詰め寄った。

「そうは言ったんですが」と主治医は心苦しそうに言い、病状の説明を続けた。

彰悟は「抜管困難症」だという。抜管困難症とは、管を抜くと気道がつぶれてふさがってしまい、管を抜けなくなる病気だそうだ。それだけでなく「気管軟化症」という病気もあった。気管がやわらかくなりすぎて、呼吸をするための気道が確保できない状態だった。

「これからどうなるんですか?」

私は主治医に尋ねた。

「お薬を投与し、しばらく様子を見てみます」

「しばらくって、どれくらいですか?」

「一か月ぐらい見てください」

彰悟は入院して以来、気管挿管で口をふさがれ、腕は動かせないように重しを乗せられ体を固定されていた。やっと解放されると思っていたのに、さらにこの状態が一か月続く。谷底に突き落とされたように気持ちが沈んだ。

彰悟の体は大丈夫だろうか?

しょうちゃん、死なないで

口から肺まで入っている細い管は、放っておくと痰が詰まってしまう。管から出る呼吸音に「ズー、ズー」と痰が詰まった音が混ざったら、ナースコールを押し、看護師さんを呼ぶ。吸引器を使って痰を吸い出してもらう。生後三か月のちっちゃい体には、鼻にはミルクを入れる管、口には気道を確保するための管が入れられ、腕には点滴の針が刺されている。点滴液がなくなったり、異常がないかも見ていなければならない。

彰悟は、手を動かしたいのと管を入れている状態が気持ち悪いようで、ときどき全身の力を振り絞り、両腕の重しを振り払って管を抜きとろうとする。とっさに彰悟の腕を押さえる。鼻の栄養チューブは抜けても命に別状はないが、気管の管が抜けると窒息してしまう。油断できない。ある日、病院に着くなり妻からゾッとする話を聞いた。

夜、突然、彰悟が渾身の力を振り絞って腕の重しを跳ねのけ、管をつかみ、ぐっと引き抜いた。妻は即座にナースコールを押す。気管がふさがり、彰悟はみるみる窒息状態になる。呼吸をしようと必死に手足を動かしもがいている。唇が青ざめていく。駆けつけた看護師さんが医師を呼ぶ。運悪く、当直医が別の患者の処置にあたっていて、来られる医師がいなかった。近くの職員宿舎の医師を呼び出し、ただちに来てもらった。入浴中だったのか医師は髪を濡らしたまま病室に入ってきた。妻は病室から出された。

「しょうちゃん、死なないで」という思いでいっぱいだった。近くの病室から出てきた子に「おばちゃん大丈夫?」と声を掛けられたが、返事もできなかった。十五分ほどして病室のドアが開き、「もう、大丈夫ですよ」と看護師さんに言われた。彰悟は呼吸はしていたが、唇は紫色で、全身が硬直していた。死と隣り合わせだった。いや、一時的には心拍も止まっていたかもしれない。

私はあとから無事を知って聞くのでいいが、その瞬間のことを考えるだけでも鳥肌が立つ。そんな話を聞くと、呼吸ができて生きているだけでもいいと思えた。

3. 見えてきた希望

医師からの提案

それから一か月が経った。彰悟の病状は改善していない。

主治医から提案があった。

「彰悟くんには、この病院でやれるだけのことはやっているんですが、現状どうすることもできません。彰悟くんにとって、適切な治療ができる病院を紹介しようと思うんです」

「どこの病院ですか?」

「福岡市のこども病院です。ここは九州でも一番の病院ですし、彰悟くんのような症例の子もたくさん診ています」

「こども病院に行って、どんな治療をするんですか？」

「気管を切開してもらうことになると思います」

「えーーーっ！　気管を切開するんですか！」

信じられない、と思った。でも、よくよく話を聞いてみると、そういう患者さんは珍しくないようだ。「気管切開」は、のどの下の方に孔《あな》を開けて、呼吸のための気道を確保する処置だ。

「気管切開して、声は出せるんですか？」

「声は出せないんです」

「じゃあ、どうなるんですか？」

「今は気管が弱っているんですが、挿管している管が外れるので、気管の状態が回復しやすくなります。気管が回復すれば、気道も確保できます。そうなれば、そこで呼吸ができるので、切開したところを閉じ、普通に呼吸し、声を出すこともできますよ」

「本当ですか？」

私は思わず確認した。

「本当ですよ」

主治医はやさしく答えた。

続けて気管切開をするメリットを教えてくれた。気管切開をすると管を外すことができ、口からミルクを飲める。手も固定せずに自由に動かせる。寝がえりを打てる。普通に抱っこできる。気管を切開することは怖かったが、いいことが山のようにあった。

こども病院までは自宅から車で片道三時間。転院すると、これまでのように頻繁には病院に行けない。しかし、気管切開の手術や術後のケアを考えると、今の病院では難しい。彰悟の病状が改善するためには、こども病院に転院するしかないと思った。呼吸困難となり、口から肺まで気管挿管してすでに一か月半が過ぎている。一日でも早くなんとかしてやりたい。こども病院への転院と気管切開を決めた。ただ、こども病院は患者さんが多く、ベッドの空き待ちの状態が一か月ほど続く。外は紅葉の季節を迎えた。


呼吸困難で入院して二か月半が経った十一月二十日、彰悟と妻は救急車に乗って福岡市のこども病院へ向かった。私はうしろから車で追いかけた。

こども病院に着くと、病院内にはかわいらしい動物やキャラクターの絵があちこちに貼られていた。病室と廊下のあいだの壁は腰の位置から上半分はガラス張りになっているため、カーテンはあるが廊下から様子が見える。様々な病気、重い障がいを抱えている子がたくさんいた。赤ちゃんも多く、ほのかに甘いミルクのにおいがする。彰悟もここで診てもらう。治療に期待がふくらむ。手術がうまくいけば、普通に呼吸できる。彰悟の声が聞けるようになる。

気管切開の手術日は、こども病院に転院して一週間後の十一月二十七日に決まった。彰悟は生まれてもうすぐ五か月になる。

「手術には立ち会えんけど、前の晩は、病院に行くね」と妻に約束した。

「うん。でも無理せんでね」

妻は大変な状況でも、いつも思いやりのある言葉をかけてくれる。私にできることはほとんどないなか、手術前夜に会いに行くことがせめてものできることだと思った。仕事を終え片道三時間、往復六時間の運転は長いが、彰悟や妻に会えると思うと楽しみだった。

手術前夜

十一月二十六日、手術前日。終業時間になるのをソワソワしながら待っていた。

「さあ、今日は飲みに行こうか！」

突然、上司から飲み会の誘い。職場の男性社員は全員参加が決まりだった。

えっ！　なんでこんなときに。思わず声が出そうになる。

「明日、子どもが手術で……」

「それなら、飲みながら話を聞いてやろう！」

仕事ができる四十代の上司は、私の言葉をさえぎるように言った。

「はい……」

上司の雰囲気に飲まれてそう言うしかなかった。それ以上は何も言えない。仕方ない。遅くなるけど、飲み会が終わってから病院に行こう。妻には申し訳ない気持ちでいっぱいだ。

職場の男性社員八人全員で近くの居酒屋に行った。私が最年少。抜けることはできない。ビールや料理を注文し、乾杯した。

「子どもさんの病気の具合はどうね？」

上司が心配して聞いてくれた。

「はい。明日手術で……」

気管切開の手術や今後の見通しを話した。これから入院している息子や妻に会いに行きます、とは言えない。

あ～早く飲み会終わらないかなぁ。

話が進んでいくと、上司がこう言った。

「こうしてほしいということを紙にまとめてきなさい。職場でも協力しよう。早いほうがいいんで、明日の朝一番に出して」

「はい」

立場上そう返事するしかない。ありがたい言葉ではあるが、明日の朝までに書く時間があるかなぁ、と思った。

夜十時近くになって、やっと飲み会が終わった。飲み会と言っても、体調が悪いふりをして何とかお酒は飲まずにすんだ。

これから妻と彰悟に会いに行く。急いで家に帰り、病院へ向けてアクセルを踏む。

こども病院に着いたのは深夜一時。夜間通用口があり、守衛さんにチェックされて入る。病院の中は暗く静かだ。八階まで上がり、彰悟のいる病室へ向かう。病室には小さなライトが点いていた。

そーっと様子をうかがいながら病室に入る。二人とも眠っていたが、妻は私の気配に気づいて起きあがった。

「来てくれたん。ありがとう」

小さな声でささやくように言った。

「ごめんね。遅くなって」

私も小さな声で返した。

「ううん。仕事があるんに疲れたやろう」

「手術の前日には、来るって約束したやろう」

「ありがとう」

「でもね。今日に限って急に飲み会があって大変やった。断ろうとしたけど、行かんわけにはいかんもんね」

「そうね」

妻は優しく言った。

たわいもない話をする。そういう時間が好きになった。そう感じられるようになったのも彰悟のおかげかもしれない。

「しょうちゃんの様子は？」

「うん、いつもと変わりないよ」

「そっか」

彰悟は口から出ている管から、かすかな呼吸音を立てながら寝ていた。かわいい。でも、口は管で固定され、鼻にも栄養チューブが入っている。両手も動かせない。

明日の手術が無事に終われば肺までの管もなくなり、栄養チューブもいらなくなる。両手も自由になる。そんな思いを抱きながら妻と一緒に彰悟の寝顔を見つめた。ベッドの横にある小さなテーブルの上にある時計に目をやる。深夜一時三十分になっていた。

「じゃ、そろそろ帰るね」

「そうね。来てくれてありがとう。気をつけて帰ってね」

「うん。明日、がんばってね」

そう言って病室を出て行こうとしたら、妻は彰悟を気にしながら病室の出口まで見送ってくれた。ちょとした心づかいがうれしかった。

今日は来てよかった。そう思いながら、駐車場の車に乗り込んだ。自宅まで三時間、帰り着くのは朝四時半。睡魔と闘いながらの運転で、途中、車を停めて仮眠をとった。三十分のつもりが一時間以上寝てしまう。家に着いたのは午前六時。お風呂に入り、再度わずかな仮眠をとり、会社へ向かう。

気管切開

「要望はまとめてきたか?」

出勤したとたんに上司から言われた。書けるわけないだろう、とは言えない。

「すみません。まとめきれなくて……」

「なんしよんか。しょうがないな、今から書け」

厳しさと優しさが織り交ざったような上司からの言葉だ。すぐに要望書を書いた。
・金曜日はできるだけ早く帰り、実家に預けている娘と過ごしたい。
・土日は会社で行事ごとがあっても参加せず、家族と過ごしたい。
・息子の手術が終わって退院してても定期的にこども病院に通うことになるため、有給休暇を利用したい。

考えてみると、書くことはそんなになかった。これなら出社する前に書けたな、と少し反省した。上司は快く受け入れてくれた。

もうすぐ手術の時間だ。成功を祈る。主治医からは気管切開の手術は「難しくない」と言われていたが一日中気になっていた。

仕事を終えて、こども病院に電話した。ナースルームから妻に取り次いでもらう。そのあいだ看護師さんが彰悟を見てくれる。

「手術どうやった？」

「うん、無事に終わった。大丈夫よ」

妻の言葉にほっと胸をなでおろした。

「そうか〜、よかった。今、しょうちゃんはどうしとう?」

「寝てるよ。手術のあとで、首の気管切開したところから血が滲んでる」

「そうか、気管切開だもんね。しょうちゃん、がんばるね」

「うん、しょうちゃんはすごいよ……。でも、かわいそう」

妻は言葉をつまらせた。安心感と疲労感、そして何より息子への思いがあふれ出るように伝わってきた。

「さち子もようがんばっとうよ。今度の土曜日、会いに行くの楽しみにしとうけんね。しょうちゃんのスッキリした顔も見られるもんね!」

無性に妻を勇気づけたくなった。


気管切開手術三日後の土曜日、美有と一緒にこども病院へ行った。

「きたよ〜!」

美有の明るく元気でかわらしい声が病室をつつんだ。

「ただいま〜!」

私は思わずそう言った。家族四人で一緒にいられる空間はこの病室だけだ。だから思わず出た言葉だろう。妻もベッドの彰悟も笑顔で迎えてくれた。

口から出ていた管はなくなっていた。セメダインのような接着剤もなくなり、これまで固定されていた口を動かせる。代わりに、のどの下の方を切開したところにカニューレという白く短い管がついている。そのまわりには、まだ少し血が滲んでいた。痛々しいけど、それよりも口や手が自由に動かせるほうが数倍うれしかった。ただ、肘を固定するギプスをつけていて、腕を曲げることはできない。気管切開した傷口に手が触れないようにするための手術後の用心だ。鼻の栄養チューブもついたままだ。二か月半ずっと栄養チューブからのミルクだったので口でおっぱいを吸う力がまだなかった。退院の目途は、はっきりとはついていないが、あと一、二か月ぐらいはかかりそうだ。


妻と美有が私の実家に帰り、病室は彰悟と二人きりになった。体は自由になったが、三か月近く固定されていたので簡単には動けない。ときどきそっと抱きしめる。彰悟は大変な状況だが、そのおかげで、今この時間にやすらぎや喜びを感じることができる。

生後五か月になった彰悟は赤ちゃんらしく丸々して、ほっぺもかわいくふくらんでいた。以前は痩せていたが、入院してからの三か月はミルクを鼻のチューブから入れて、栄養はしっかりとっている。なおかつ体はほぼ固定され身動きできないので、ちょうどいいぐらいに太っていた。

一緒に過ごす時間は、彰悟を飽きずに見ている。ほっぺには、鼻から通した栄養チューブを固定するための医療用テープが貼り付けられている。三センチ四方の白っぽいテープを見ていると、ふとテープに絵を描いてみようと思った。私は子どもの頃かわいいキャラクターの絵を描くのが好きだった。彰悟のまんまる笑顔の似顔絵を描いた。

うん、彰悟の顔がよりかわいく見える。

「かわいいですね～」巡回に来た看護師さんに言われた。

やったー！　思わずガッツポーズ。ひょっとすると注意されるんじゃないかと思っていたが、逆にほめられた。妻や美有も喜んでくれるだろうと思い、私のいない一週間分の交換用のテープにも描いた。

二人が病院に戻ってきた。

「かわいい～！」

テープを貼った顔を見て二人が口をそろえて言った。彰悟もそう言われて喜んでいるように見えた。

クリスマスプレゼント

十二月。外は雪がチラつきはじめ、冬の足音が聞こえてきた。

毎週末にこども病院で一緒に過ごす彰悟は、だんだん元気になってきている。体を動かせるようになり、寝返りも打てるようになった。手と口が自由になり、指をちゅーちゅー吸うようになった。

気をつけないといけないのは、気管切開したところに入れてあるカニューレに詰まってくる痰だ。通常、私たちは自然に痰を処理できるのだが、気管切開をしていると痰がカニューレに詰まり、呼吸ができなくなる。なので、吸引器を使って痰を吸引する。吸引の仕方は看護師さんに教えてもらい、妻も私もできるようになった。痰が出やすくなるように背中を軽くトントンたたいたり、バイブレーターで背中のマッサージもしている。

乾燥にも気をつけないといけない。鼻や口からの呼吸だと、気道を通るあいだに空気が加湿されるが、気管切開したところからの呼吸だと外気がそのまま肺に入る。気道や肺を加湿するために、一日に四、五回は吸入器で生理食塩水を噴霧する。

それらの介護を妻が一人でやっている。夜中も彰悟の呼吸が気になって熟睡することができず、一日中ずっと気が休まらない日々が続いた。

年末が近づき、主治医から外泊許可が出た。退院のテストも兼ねての外泊、めちゃめちゃうれしいクリスマスプレゼントだ！　家族四人でお正月を過ごせる！　家族みんなで大喜びした。

「しょうちゃん、おうちに帰れるよ〜」

彰悟もニコッと微笑んでくれたように思えた。自宅はこども病院から車で片道三時間と遠い。ちょうどお正月にもなるので、病院から一時間ちょっとの私の実家で過ごすことにした。実家には父と母と妹の三人がいて、私たちが行くと七人になる。彰悟が生まれて初めてのお正月は、これまでで一番にぎやかなお正月になる。

大晦日に実家に帰ると、二間続きの和室の奥にある床の間には、破魔弓が飾られていた。彰悟の健康を祈って両親が用意してくれたものだ。破魔弓が飾ってある和室が私たちの寝室になった。その部屋には、彰悟が風邪を引かないように新しくエアコンを設置してくれていた。

彰悟が外泊できて一番喜んでいたのが美有だ。病院以外で家族四人一緒に過ごすのは四か月ぶりで、うれしそうにはしゃいでいる。彰悟も少しだが手足を動かせるようになってきたので、美有の一番の遊び相手だ。二人で楽しそうにじゃれあっている姿を見ていると、私までうれしくなってくる。

私が一番気を使ったのはお風呂。彰悟をお風呂に入れるのは四か月ぶり。気管切開しているので、もしお湯が入ったら肺まで一気に流れ込む。これまで以上に慎重にお風呂に入れた。左手で彰悟の後頭部から首を支え、右手で体を洗う。彰悟もお湯につかるのはひさしぶりで気持ちよさそう。ベビーバスの中から、ニッコリ笑顔で私を見上げている。

実家での楽しいお正月を終え、一月三日にこども病院へ戻った。暖房にも加湿にも万全を期して、彰悟は元気に過ごせたこと、吸引の介護も問題なくできたことを主治医に報告した。退院に向けてのテストを無事に終えて、あとは退院の許可が出るのを待つだけになった。

一月十八日土曜日が退院日に決まった。気管切開の手術を終えた五十二日後だ。いつものように金曜日の夕方、仕事を終えると美有を預けている実家へ向かう。

「みゆちゃん。明日、こども病院にしょうちゃんをお迎えに行って、また、おうちで四人一緒よ」と伝えると大喜びした。

翌日一緒に、こども病院へ彰悟と妻を迎えに行く。

「しょうちゃん、退院だよ〜。おうちに帰れるよ〜」

彰悟もニコニコしていた。

たくさんの荷物をまとめ、医師や看護師さんに見送られた。

「しょうちゃん、がんばったね。また元気な姿見せてね」

退院はするが、気管の状態の経過観察のため、しばらくはこども病院へ通院することになる。退院できたのはうれしいが、気道が治り、気管切開が閉じられる具体的な目途はまだ立ってはいない。早く普通に呼吸ができ、声が出せるようになることを祈った。

新しいアドバイス

一九九七年一月十九日、ひさしぶりに家族四人の生活が始まる。

毎晩、仕事から帰ってくると、家族三人で迎えてくれる。それまでの四か月半は家に誰もいなかったので、帰るのが本当に楽しみになった。彰悟は迎えるといっても、「ただいま～。帰ったよ～」と私から声をかけるだけだが、そこにいてくれるだけで自然と笑顔になれた。美有も彰悟も楽しそうにしている。

退院後の妻の日常はこんな感じだ。

朝は六時半に起き、彰悟の様子を見ながら私のお弁当と朝食の準備をする。彰悟のカニューレに吸入器で生理食塩水を噴霧する。時間は十分間。一日に四、五回はおこなう。それが終わると痰が出やすくなり、そのまま吸引する。湿度や体調によっても痰の出かたが変わるが、だいたい日中は一時間おきに吸引する。吸引チューブやコップ、セッシ(医療用ピンセット)を洗浄、消毒もする。口からミルクを飲ませる練習もするが、まだなかなか飲めない。つど、鼻から栄養チューブを通す。おむつ交換や通常の家事もある。カニューレ交換のため毎週近くの病院に通院もする。

一番大変なのは夜中だ。寝ているあいだも痰が出ることがあるので、ときどき起きて吸引する。私は布団に入るとぐっすり寝ているので気づかないが、妻はちょっとの音でもすぐに起きる。私も付き添い入院で泊まっていたときは、夜中に目が覚めていた。家で私がぐっすり寝ていられるのは、妻が起きるという安心感があるからだ。妻は私に「夜中に起きて吸引して」とは、ひと言も言わない。

退院して一か月。経過観察のために、初めてこども病院に通院する日が来た。有給休暇を取って片道三時間かけて、こども病院へ向かう。彰悟は日に日に元気が増し、いつも姉弟で仲良く遊んでいた。ミルクもたくさん飲み、顔もまるまるしてきた。

気管切開をする前に、どのくらいしたら気管が治るか主治医に見込みを尋ねていた。そのときは「早ければ二、三週間」と返事をもらった。だが、手術後、気管の状態は変わらないまま二か月後に退院し、それから一か月経つが、変化はなかった。

気管切開すると、カニューレを入れる影響で気管内に肉芽《にくげ》という炎症のような組織ができることがある。肉芽はできないほうがいい。できると気道が狭まり呼吸もしづらく、体にも負担がかかる。このときはまだ大丈夫だったが、のちにたびたび肉芽が大きくなることがあった。

その後も定期的にこども病院で診察してもらうが、気管はふさがったままだ。治る見込みは当初の「早ければ二、三週間」が「二、三か月」へ。そして、「二、三年ぐらい」かかりそうな感じになっていく。

早く気管が治ってほしい。彰悟の声を聞きたい。声を出せないことで危険とも隣り合わせだ。少しずつ体を動かせるようになっていて、もし何かにぶつかり泣いていても、見ていないと気づかない。病院に入院しているときはずっとそばで見ていられたが、家にいると妻は家事もあり、多少は目を離さざるを得ない。そんなとき、美有がずっと一緒にいたので助かった。


こども病院では、彰悟を育てるときに気をつけることとして「できるだけ泣かないようにしてください」と言われていた。泣くと呼吸ができなくなり、呼吸器に障がいのある体に負担がかかり、血のめぐりも悪くなる。大泣きしたあとに、体に赤く小さいポツポツができたこともあった。妻はいつも彰悟と一緒にいて、泣きそうになったらすぐに抱っこし、食事の支度をするときも常に彰悟が視界の中にいるようにしていた。おむつはいつも気にしているし、お腹をすかせて泣かないうちにミルクをやった。自分がトイレに入っているあいだも何かあっては大変と、いつも扉を少し開けて耳を澄ませていた。赤ちゃんは泣くのが仕事というけれど、できるだけ不快な状態にならないよう気をつけていた。

そしてもう一つ、新しいアドバイスを受けた。

「できるだけ、たくさん話しかけてください」

彰悟は今のところ、いつ声が出せて話ができるようになるかはわからない。でも、その時期が来たらできるだけ言葉を話せるようになるためだ。たくさん話しかけるほど「内言語」が発達するらしい。内言語とは、頭の中で考える言葉だ。声には出せないけれど、言葉を知ることによって頭の中に言葉が増えていく。それまでも話しかけてはいたが、主治医からのアドバイスによって、これまで以上に話しかけるようになった。

「しょうちゃん、おいしい？　これがトマト。この色は赤よ」

「これクマさんよ。ここがお目目で、ここがお耳で、ここがお鼻。これはお口。お母さんは大きくて、このクマはちっちゃいね」

妻や美有も家族みんな、彰悟への言葉が増えた。言葉をわかっているのかどうかはわからないが、やれることは可能なかぎりやった。

彰悟は少しずつではあるが成長していた。ただ、ダウン症の影響で体が弱いようで、それが呼吸器系の病気につながっている。気管切開後も、しばらくは元気だったが、退院して七か月後に肺炎になった。その後も三歳になるまでに、年に二、三回の入院生活を送った。幸いにも大事には至らず、いずれも一週間程度で退院できた。

ハイハイもひとり歩きもできるようになったが、彰悟の場合は、標準的な赤ちゃんより時間がかかった。赤ちゃんがハイハイできるようになるのは十か月ぐらいだが、一年半かかった。ひとり歩きができるようになるのは一年ぐらいだが、二年半かかった。その分、親としても成長をゆっくりと味わうことができた。

ハイハイも一人歩きも、できるようになったときの喜びは二倍以上に感じられた。

「しょうちゃん、すごいね～」

仕事中は慌ただしく時間が過ぎていくが、彰悟といると、もう一人の違う自分がいるような気がした。

4. 導かれるように

思いがけない展開

彰悟が二歳の誕生日を迎えた翌月、思いがけない転勤の辞令により、福岡市内に引っ越すことになった。勤め先の銀行が息子の病気やこども病院への通院に配慮してくれた。転勤先は福岡市内の大型店舗で、住まいは同市内の社宅。こども病院へも四キロとかなり近くなった。通院のために私が仕事を休まなくても、妻が車で連れていけるようになる。彰悟の体調に異変があっても、すぐにこども病院で対応してもらえる。本当に助かる。銀行には感謝だ。このときはまだ気づかなかったが、彰悟の存在によって私の仕事が大きく変わっていく始まりだった。

福岡市内に引っ越してから、彰悟は福岡市立心身障がい福祉センターに通いはじめた。様々な障がい児や障がい者の発達支援をおこなっている施設だ。子どもの障がいに応じた専門の言語聴覚士や理学療法士が療育をしてくれる。福岡市内へ転勤して、こども病院が近くなり、療育のための施設も近くなった。彰悟のことを考えるとずっと福岡市内に住みたい。

銀行の社宅に住んでいたが、築四十年以上とかなり古く、住み心地もいいとは言えなかった。将来的には自分の家を持ちたいと思っていたので、妻とも「家が欲しいね」とよく話をするようになった。転勤して半年が経ち、家を買おうという思いはますます強くなっていった。以来毎週末は、住宅展示場巡りになる。

「このお部屋、みゆちゃんの！」

四歳になった美有は一人できれいな家の中を興味深そうに見てまわった。自分の好みを、はっきり言えるようになっていた。展示場に行くとますます家が欲しくなり、だんだんと理想の家が見えてくる。自分の家が持てると思うとワクワクしてきた。

住宅会社もほぼ決まり、どこに家を建てるかを考えた。一番の条件は、こども病院への通院に便利なところ。気管の状態にかかわらず、彰悟は大きくなってもこども病院へ通院する可能性は高い。次に、療育施設や学校、発達を支援する施設も近いほうがいい。四年後には養護学校（のちに特別支援学校に名称変更）に入学し、十二年間通うことになる。福岡市内はもちろん近隣の町まで分譲地や土地探しをする。人生最大の買い物も彰悟の存在に導かれた。

「いい土地が見つかりましたよ」

一九九九年三月、住宅会社から電話があった。福岡市内のその土地は彰悟が通うことになる療育施設や養護学校も近い。ほとんど迷いなくそこに決めた。九月末に家が完成し、十月最初の週末に引っ越した。

彰悟の病院や施設のことを考えて、二十九歳で建てた家だ。ここからまた、新しい生活が始まる。もし、彰悟がいなかったら、まだ転勤もなかったはずだし、二十代で家を買うこともなかっただろう。

彰悟は三歳になって体も強くなったようで、肺炎など病気で入院することはなくなっていた。

初めての気管孔拡大手術

二〇〇一年六月、彰悟は五歳になった。三歳から妻が付き添って療育園（障がい児の発達支援施設）に通い、園での生活を元気に楽しむようになっていた。彰悟の遊んでいる姿はほかの子とはちょっと違う。園庭では、気管切開した場所から砂が入らないように砂除けカバーをつけて遊んでいた。砂除けカバーは、体操帽に縫いつけていて、被ると顔だけ出して後頭部から首まですっぽり覆う妻の手作りだ。夏のプールは、気管切開した場所から水が入ると危険なので、一人で小さなビニールプールに入り、わずかな水で遊んでいた。

彰悟にも大きなプールで遊ばせようと、「海の中道海浜公園」のサンシャインプールに何度か連れていった。絶対に水に落ちないように浮き輪に乗せ、浮き輪ごとしっかりと抱きかかえ、ゆっくりとプールの中を歩いた。気持ちよさそうな顔をする彰悟とそのまわりで泳ぐ美有と夏のプールを楽しんだ。

彰悟は元気なのだが、気管の状態は変わらない。この頃カニューレに痰が詰まって呼吸困難になったり、何かのはずみでカニューレが抜けて窒息することが何度かあった。
ある晩、私が帰宅する前に妻が彰悟をお風呂に入れている最中のことだ。カニューレに痰が詰まりはじめたので、妻は彰悟と一緒にお風呂から上がり、新しいカニューレに交換しようと準備をした。そのあいだにも呼吸しにくい状態が続き、彰悟は苦しくて自分でカニューレを抜いてしまった。パニック状態で泣くので気管孔がふさがり、ますます呼吸できなくなる。彰悟はもがき苦しみながら、藁をもつかむように、妻が手にしていた新しいカニューレをつかみ、投げ捨ててしまった。妻はカニューレがどこにいったかわからず、美有に「救急車呼んで！」と叫んだ。小学一年生の美有が一一九番に電話する。彰悟の顔は青ざめ、唇は紫色。苦しくて気管孔の周辺をかきむしる。失禁する。妻が必死でカニューレを見つけ、何とか挿管するまでの数分間、彰悟は窒息していた。美有は彰悟が死ぬかもしれないと思ったという。これが気管切開後の最も深刻な、生死の境をさまようような窒息だった。

二〇〇二年四月、気管の手術をすることになった。生後五か月で気管切開してからは初めての手術になる。五歳となって体もそれなりに成長しているので、体に合わせて気管孔を拡大するための手術だ。

気管孔が広がると、気管に入れているカニューレのサイズが大きくなる。空気の通り道が広くなり、痰も詰まりにくくなる。仮にカニューレが抜けても、気管孔が広いと、窒息する可能性が低くなる。安全に呼吸するための手術だ。

手術日の前日、彰悟と付き添いの妻はこども病院に入院した。今回の手術も難しい手術ではないようだ。

手術日の朝、出勤前に病院に行く。

「しょうちゃん、がんばってね」と病室の彰悟に声をかける。でも彰悟は、なぜ入院していて、これから何が起こるかも、わからない。

「カニューレに痰が詰まりにくくするために気管の孔《あな》を大きくする手術をするんよ。呼吸がしやすくなるし、もし、カニューレが外れてもちょっとだったら大丈夫になるよ」

手術が決まってから妻も私も何回か声をかけていた。簡単な言葉であればわかるが、彰悟がこういう話を理解するのは難しい。

夕方、仕事を終え、こども病院へ向かう。気管孔拡大手術は無事に終わっていた。のどの下にある気管孔のまわりには血が滲んでいる。見るからに痛々しい。

「しょうちゃん、がんばったね。しょうちゃんはすごいよ。こんな苦しいことに耐えて」

私は言葉をかけるが、目はうつろで苦しそうな表情をしたままだ。泣き声も出せず、『苦しいよ。つらいよ』と訴えることもできない。彰悟の目にはうっすらと涙が浮かんでいる。

主治医から話があった。今回の気管孔拡大手術で気管の状態を詳しく診てもらったので、その結果報告だった。生後五か月の気管切開のときには、気管軟化症でふさがった気管もいずれ治り、気管切開したところを閉じれば声を出せると言われていた。だが、何も変わらないまま五年が経つ。

「彰悟くんの気道は完全にふさがったままで、こども病院での治療は難しい状況です」

「えっ、どうなるんですか?」

「そこで提案なんですが、大学病院を紹介しようと思います。彰悟くんのような症例の専門の医師がいて、その先生に診てもらえば治る可能性があります」

「治る可能性があるんですね。ぜひ紹介してください」

紹介された医師は耳鼻咽喉科で、気管・咽頭・音声障害の治療や手術で日本でトップクラスの医師だった。気管の回復が見通せない状況で、光が見えてきた。

手術の三日後、無事退院。これまで通りに元気に過ごせるようになった。こののち、こども病院への定期通院と同時に、大学病院にも通うことになった。


「彰悟くんの気管は完全にふさがっていますね」

大学病院での診断結果だ。赤ちゃんのときに気管軟化症になったあと、気管そのものが完全にふさがり固まっている状態だという。

「息子はどうなるんでしょうか？　治りますよね？」

主治医は、簡単に「治ります」とは言えないようだった。でも、治療方法を説明してくれた。

「気管が完全に瘢痕化《はんこんか》しているので、手術でその組織を取り除きます」

瘢痕とは、傷跡にできるカサブタのようなものだ。

主治医は続けて言った。

「人工的に気道を作るので、気道は確保できますが、普通の声を出すのは難しいかもしれません。ただ、それも実際に手術で気管を開いてみないと何とも言えません」

「……」

私も妻も、「ありがとうございます」とも「よろしくお願いします」とも、すぐには言えなかった。大学病院で気管が治り、声も出せるようになると期待していたが、はっきりしたことは実際に手術をして、気管を開いてみないとわからない。気管が治り、口からの気道が確保できたとしても、普通の声を出すのは難しい。声を聞いたのはわずか一か月、赤ちゃんのときの泣き声だけ。世界一かわいい泣き声だった。

声が出せたら、どんな声だろう?

でも、それは難しいようだ。声が出せなくても、口から音が出せるだけでも、「彰悟にとっては大きな前進」と思うようにした。

瘢痕化して固まった気管に、空気の通り道を作る手術は簡単ではなく、体にもかなりの負担がかかるらしい。手術するには事前に詳しい検査が必要で、一週間程度の検査入院をおこなうことになる。検査入院は十月に決まった。

眠れぬ夜、決断のとき

そんなとき、ある取引先から転職の誘いを受けた。銀行での仕事は順調で、頭取賞も受賞し、ここ二、三年転職の誘いを受けたことも何度かあった。今回のお誘いも「ありがとうございます」と言いながらも、銀行を辞めるということは考えもしなかった。だが、彰悟の手術に向けての検査入院が決まり、「もし、転職するなら九月で銀行を辞め、十月は一か月間仕事を休んで彰悟の入院に付き添い、十一月から新しい会社で働くことができる」という考えが浮かんできた。

転職のお誘いをしてくれた会社は、福岡市に本社があり、化粧品、健康食品、医薬品の通信販売をおこなっている会社だ。私は銀行員として担当していた。設立十年で、順調に業績を伸ばしている。これまで様々な地場企業を担当してきたが、その中でも一番の優良企業だった。そして、何より経営者の人柄が素晴らしかった。銀行にも尊敬する上司や先輩は数多くいたが、まったく違うタイプだった。いつも笑顔で将来の経営ビジョンを語り、話を聞くだけでワクワクした。もし、一緒に働いたら「自分も同じようになれるかもしれない」と思った。

銀行にも経営ビジョンはあるが、仕事は目の前の業績を追っていて、将来、支店長になれたとしても、それ以上のものがイメージできなかった。そして、転職を考えるにあたって一番の条件は転勤がないこと。銀行では息子の障がいや病気への配慮で、当面は福岡市の自宅から通える支店勤務だと言われていた。しかし将来的には遠方への転勤も覚悟しなければならなかった。だが、この会社には転勤がない。

銀行の就業規則で退職に関する規程を調べた。退職する場合は、十四日前に所属長に退職願を提出しなければならない。十四日前というと九月十六日。九月の上旬まで考える期間がある。転職の決断まで五か月弱。そこで転職しなければ、ずっと銀行で働くことになるような気がした。

二〇〇二年六月、彰悟は六歳の誕生日を迎えた。翌年の春には養護学校の小学部に入学する。それまでには無事手術を終え、学校に通う頃には声が出せますようにと祈った。

翌月、私は課長へ昇進。銀行に入行して十年三か月。最短での課長への昇進だった。同期の大卒男子百人中最短で課長に昇進したのは十人。仕事も順調、やりがいもさらに増えた。ただ、彰悟の手術と転職のことは、いつも頭から離れない。転職の相談ができるのは、妻だけ。銀行の同僚や先輩、両親や友人に相談はできなかった。「仕事も順調なのに、銀行を辞めるなんて、何を考えているんだ」と言われると思っていた。

彰悟の病気や障がいに対応できる病院は福岡市内のこども病院と大学病院しかない。その状況で、もし私が銀行で遠方に転勤になれば単身赴任となる。妻の願いは、家族みんなでずっと一緒に暮らしたい、それだけだった。

転職の決断期限まで残り二か月。夜なかなか寝付けない。布団に入っても転職のことを考えてしまい、いつも二、三時間が経っている。仕事をしているときは集中しているが、ふと時間があると転職のことを考え、頭がいっぱいになる。食欲もあまりない。体重も五キロ減った。転職しても就業条件や待遇面はほとんど変わらない。でも仕事は変わるし、人生も大きく変わるだろう。銀行の仕事は充実していたし、特に不満もなかった。

彰悟とずっと一緒に暮らしたい、それだけの理由で転職してもいいものだろうか？あとで後悔することはないだろうか？　普通なら、仕事も順調で安定した銀行を辞めることは考えにくい。ただ、転職のお誘いをしてくれた会社も魅力的な会社だった。仕事が変わっても、活躍できる自信はある……。

九月に入り決断のときが来た。

転職しよう！

家族とずっと同じ家で暮らしたい。新しい会社で、自分の力を試したい。この二つの理由で決めた。妻も喜んでくれた。銀行の支店長に退職願を出した。突然の退職願で支店長は愕然としていた。考え直すように私を説得するが、考え直す時間はない。十月には検査入院があり、彰悟のそばにいると決めた。退職を延期はできない。私も自分の考えが変わらないように、あえて直前に退職願を出した。十年半勤めた銀行の最後の半月はこれまでにないリラックスした気持ちで勤務し、引継ぎの準備をした。

九月下旬、人事異動の通達に私の退職が記載されると、先輩や同僚からたくさんの電話がかかってきた。

「どうしたん？」

「なんかあったん？」

「これからどうするん？」

息子のことや転職先のことを丁寧に話す。ほとんどの人が私の決断を応援してくれた。

「がんばれよ。田中なら、いい仕事できるよ」

うれしかった。ありがたいと思った。新しい会社でも活躍し、応援してくれる人の期待に応えたいと思った。

両親に銀行退職の報告をすると「はっ⁉ なんで相談せんかったんね？」「なんで勝手にやめるんね！」ふだん私に否定的なことをあまり言わない父ですら、さすがに驚きの言葉を発した。予想通りだ。親の立場で考えたら当然だろう。転職という私にとって人生最大の選択も彰悟の存在が決断させた。

第二章

受容と変容

——人生の転期

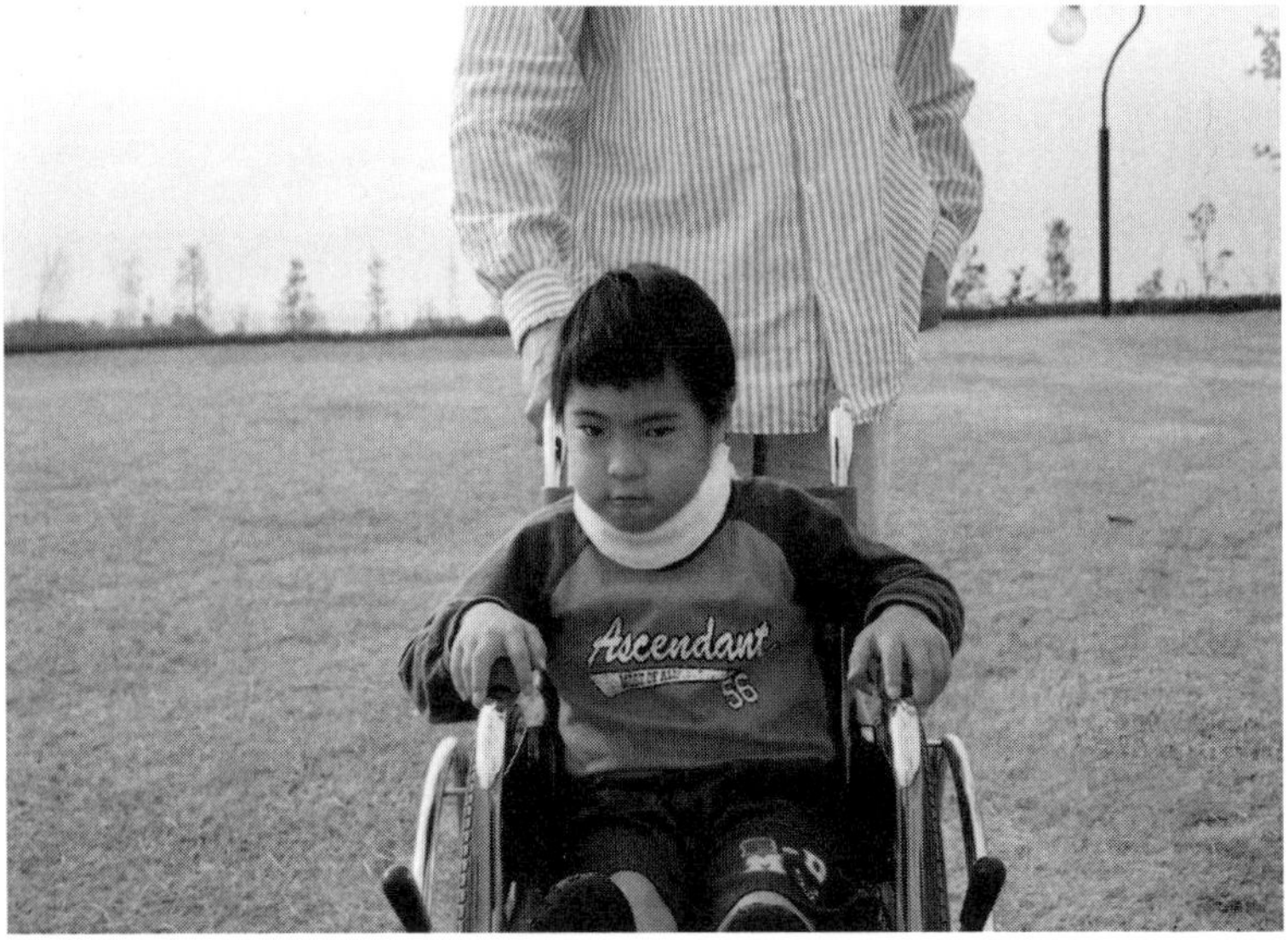
Ascendant
56

1. 最後の望み

気管開通に向けて

今度こそ、普通に呼吸できて、声が出せるようになってほしい……。

彰悟は、生後二か月で呼吸困難のために気管挿管し、声を失った。一か月もすれば管を抜いて声が出るようになるはずだった。しかし、管を抜くと気道がふさがってしまい、生後五か月で、のどに孔《あな》を開ける気管切開をした。そして、気管が回復して口から呼吸ができるようになるのと、声が出せるようになるのを待った。それから七年、いっこうに回復の兆しはあらわれない。気管そのものが瘢痕化《はんこんか》し、完全にふさがっていた。

そしてついに、彰悟は専門の医師がいる大学病院で気管の瘢痕切除の手術を受けることになった。手術名「喉頭截開術《こうとうせっかいじゅつ》」。気管切開でのどに開けてある気管孔を十文字に広げ、瘢痕化した気管の組織を切除、そこに空気の通り道をつくるという大手術だ。

手術のための検査入院は二〇〇二年十月。途中体調を崩したこともあって入院は十日間におよんだ。ＣＴ検査など様々な検査の結果、手術そのものはもう少し体が成長するのを待つことになった。

翌年春に、彰悟は養護学校小学部に入学し、手術はその夏の八月におこなうことが決まった。入院期間が一か月ぐらいになる見込みなので、夏休み中を選び、八月六日に入院した。


八月十一日朝八時、彰悟は手術室へ向かう。ベッドに寝かされたまま移動するが、何が起こるか理解できず必死に抵抗する。

『何するの！　イヤだー！　助けてー！』

彰悟の心の叫びが聞こえた。

涙を流しながら全力で起き上がろうとするが、何重ものベルトでベッドに固定され、起き上がることができない。

「手術したら、口から呼吸できるようになるんよ。声が出せるようになるんよ。もう少しの我慢よ。がんばってね」

手術室に向かいながら彰悟の手を握る。私も妻も涙が止まらなかった。

手術室に入ったあと、私と妻は待合室へ。広い待合室には三十人ぐらい患者の家族がいた。みんな心配そうな表情をしている。大学病院での手術なので、重い病気や障がいの手術なのだろうか？　私も妻も落ち着かない。

彰悟は大丈夫だろうか？　どんな声だろうか？

同じような話を何度も繰り返したり、無言になったりしながら時間が過ぎていく。手術が無事終わるのを祈るように待った。手術が終わる度に家族を呼び出すアナウンスが流れる。

「田中彰悟さんのご家族の方、手術室の前にお越しください」

期待と不安が入り交じった状態で、妻と一緒に手術室近くの面談ルームへ入る。主治医の表情から、数時間におよぶ手術の疲労が感じられた。

「手術はどうでしたか？」四人掛けのテーブルを挟み、私は主治医に尋ねた。

主治医は予想以上に大変だった手術の状況を詳しく説明してくれた。

「彰悟くんの気管の瘢痕化は想像以上のものでした。そのために術式が難しくなってしまいましたが、固まった部分を切除して気道は確保しました」

「本当ですか！」

「はい」

私と妻は思わず笑顔で見つめ合った。

「そのあとで切除した部分に皮膚移植が必要だったので、唇の裏側にある粘膜を一部移植しました。ただ問題は、このまま放置しておくと再びふさがる可能性が高いので、モールドという鋳型を入れてふさがらないように処置しました」

「ありがとうございます。これで治るんですよね？」

「いいえ、まだです。これで気道はできましたけど、まだモールドでふさいでいます。モールドは気道が安定するまで入れておきます。気道がしっかりしたらモールドを外して、気道が通るはずです。これまでは気管孔にカニューレを入れていましたけど、今度はTチューブというやわらかいゴムでできた管を入れました。カニューレは気管孔から肺に空気を通すための管でしたが、Tチューブは鼻や口からの空気と、気管孔からの空気を同時に肺に通すための管です。ただ、今はモールドがあるので、鼻や口からの空気は通らないようになっていますが、モールドを外したときに気道がしっかりしていれば、鼻や口から呼吸ができるようになるはずです」

「声は出せるんでしょうか？」

「今は何とも言えません。モールドを外したときの状態次第ですね」

今回はこれまでで一番難しい手術だったが、無事に終え、心から安堵した。ついに口からの気道が確保された。手術を成功させてくれた先生が神様のように思えた。

「ありがとうございます」

面談を終えると、再度主治医に深々と頭を下げた。


それから間もなく、手術室から彰悟が出てきた。まだ麻酔が効いているようでベッドの上で眠ったままだ。首には包帯がぐるぐる巻かれていた。

「しょうちゃん、がんばったね」

妻とかけより、彰悟の手を握る。涙がこぼれてくる。

病室に運ばれたあとも、しばらく眠っていたが次第に目が覚めてきた。苦しそうな表情をしている。

「しょうちゃん、がんばったね」「きついよね。苦しかったろ」「手術は成功したよ。口から呼吸できるようになるよ。声もきっと出せるようになるよ」

彰悟の手を握りながら、妻と同じような言葉を繰り返した。今、彰悟にしてやれることは何もない。ただ、そばにいてあげることだけだ。しばらくして、水を少し飲ませるが、ほとんど口に入らない。腕からは点滴をしている。首の傷と気管内部の傷が癒えるまで一か月の入院生活が続く。

翌日、首の包帯を交換すると、傷口には血が滲んでいた。見るからに痛々しい。表情は苦痛に満ち、目には涙がたまっている。

「しょうちゃん、ごめんね。もうしばらくの辛抱だから」そう言うしかなかった。口からの呼吸と声を出せる希望が見えてきて、最後の辛抱だと思った。

このとき、ふと「もし彰悟と代わってあげられたら」と思い、本気で考えた。でも、果たして自分がこの状況を耐えることができるのだろうか？　何年も声を出せずに、自分の思いを人に伝えることすらできない。私が当たり前と思っている日常生活そのものもできない。考えただけでも耐えられそうにない。それを耐え続けている彰悟はなんてすごい子なんだ。彰悟を尊敬する気持ちが芽生えはじめた。

手術を終えて数日後、首の包帯を交換するときに思いがけないアクシデントが起こった。包帯交換が痛いのか、さらに何か苦痛を伴う処置をされると思ったのか、激しい抵抗をした。その瞬間、首を不自然にひねってしまう。それから首をまっすぐにできなくなり、左側に首をかしげた状態になってしまった。首の捻挫と診断され、治療のため首をけん引されることになった。器具で首を固定され、つらそうにして目に涙を浮かべる彰悟の姿を見ると不憫でならなかった。手術後の傷に加えて、首の怪我。やっとこれから気道が回復するという矢先に、どうしてこんな苦しい目に会うのだろう……。入院は予定よりも長引き、四十四日目の九月十八日にようやく退院できた。

もう声は出せない

十一月十日、モールドを取り除くことになった。

気道の形が整い、いよいよ口や鼻から肺まで空気が通るようになる。しかし、彰悟は七年間気管孔からしか呼吸していない。当面は気管孔も重要な呼吸経路になる。今回、同時に気管孔拡大の手術もおこなうことになった。気管孔は体の成長に合わせて拡大手術をする必要があり、今回で二回目になる。

これで、いよいよ口や鼻から呼吸ができる。声は出せるのだろうか？期待と不安で胸がいっぱいになる。手術はこれまで何度もおこない、手術後の彰悟の状態はいつも痛々しく、見るに忍びない。でも、これで最後だ。

「しょうちゃん、がんばって！」

手術は、無事成功。彰悟の首にはいつものように包帯が巻かれ、首の下の気管孔にはTチューブが入っている。麻酔から目覚めて苦しそうだ。

「しょうちゃん、がんばったね。これで口から息できるよ」

モールドが外され、口や鼻からの気道が開通した。

彰悟はどんなふうに感じているのだろう？

呼吸経路が変わっても見た目は変わらない。

それから九日後に無事退院した。期待していた声は、まだ出ない。彰悟の声は、赤ちゃんのときのかわいい泣き声しか聞いていない。主治医からは、声が出たとしても、きれいな声を出すのは難しいと言われている。でも、何かあったときに、泣いたり驚いたりした声が出るだけでも安心できる。

いつ声が出せるのだろう?

年が明けて二〇〇四年一月、彰悟がTチューブを自分で抜いてしまった。Tチューブになってから、これで三回目の自己抜管だ。すぐに以前使っていたカニューレを挿管し、安全は確保した。その後、大学病院へ向かう。今後の対応も含めて主治医と話し合った。

「彰悟くんは、これからもTチューブを自己抜管してしまうでしょうね」

カニューレを入れていたときは、管の外側に紐を通して、首のまわりに固定できていた。今回の手術後のTチューブは、気管孔から短い管がちょっと突き出ているだけで、外から固定できる場所がない。彰悟は、そのチューブの突き出た先を何気なくつかみ、スッと抜いてしまう。自己抜管したTチューブを入れ直すときは、過去二回とも彰悟の抵抗が激しく、全身麻酔をしての処置となった。

「誤嚥《ごえん》も気になりますね」

口からの気道がつながった反面、飲み物が食道ではなく、気管に入ってしまうことが何度かあった。つど、吸引するものの、誤嚥は体にも負担がかかる。最悪の場合、誤嚥性肺炎を起こして亡くなる人もいる。

「彰悟くん、声は何か出てきそうですか？」

「いえ、今のところ何も出ません」

「そうですか。二か月経っても出てきませんか」

最終的な結論として、Tチューブをやめることになった。現状の彰悟の体への負担を考えると、口から肺への気道を確保するよりも、安全に呼吸し、生活できるほうを優先した。気管切開した部分には、以前のカニューレを挿管したままにする。カニューレに戻すと、せっかく開通した気道も時間とともに狭くなり、最終的にはふさがってしまうらしい。もう、声を出す可能性もなくなる。でも、なぜか、それを私も妻も受け容れることができた。

彰悟が生まれてダウン症だと知ったときは将来が不安だった。知的障がいがあり、普通の幸せが得られないと思った。生後二か月で気道がふさがり呼吸困難になってからは、呼吸が安全にできること、またいつか声が出せるようになることだけが願いになった。

しかし、気管の病気は治らず、何度も手術を繰り返した。痛々しい姿に、胸を締めつけられる思いだった。窒息して、死と隣り合わせになることが何度もあった。七歳となり、いったんは手術で希望が見えたが、叶えることはできなかった。

この七年で、少しずつあきらめの気持ちが大きくなっていった。

もう口から呼吸ができないかもしれない。

もう声は出せないかもしれない。

そういう運命かもしれない。

希望があったので、ここまで来られたが、同時にそれを受け容れていくための準備期間だったように思えた。

彰悟が生まれたときはダウン症や知的障がいを不幸なことだと思っていたが、呼吸困難になってからは、それを不幸と思うことはなくなっていった。

「元気に生きて、笑顔でいてくれたらいい」

それが幸せだということに気づけるようになった。

何かに期待するのではなく、今ある幸せに気づくこと。

今ある状況を受け容れること。

彰悟は身をもって私たちに教えてくれているように思えた。


私たちが声をあきらめて一番つらかったのは、別のことだった。

彰悟は話したそうに口をパクパク動かすことがあった。

『みんな声を出してお話しているのに、何でぼくは声が出ないんだろう？　そうだ！

みんなは口を動かしている。ぼくも口を動かしたら声が出るかも！』

彰悟はきっとそう思っていたのだろう。それまでは、口をパクパク動かしても、いつか声を出してお話するための練習だと思えた。だけどそれは叶わぬことになった。

それでも、口の動きは毎日のように続く。

『なかなか声が出ないなぁ。がんばろう』

彰悟の思いが伝わってくるようだった。声が出せる希望があれば、「もう少ししたら、声が出せるようになるよ。待っててね」と思えた。

でも、もう、希望はない。

ある日、彰悟が口をパクパクしていると、妻が後ろから彰悟を抱いてこうささやいた。

「しょうちゃん、ごめんね。お口パクパクしても声は出らんのよ」

妻は目に涙を浮かべていた。

私も胸が張り裂けそうになった。手術後の苦しそうな彰悟を見ていても、この時期を過ぎれば痛みもなくなり、治ると思えれば耐えられた。でも、今となっては「みんなと同じように声を出したい」という姿は切ないだけだ。

いつか気づくと、口の動きはピタリと止まっていた。

『ぼくは声が出せないんだね。みんなとは違うんだね』

彰悟は悟ったようだった。

2. 転機

独立と挫折

二〇〇二年秋、私は彰悟の存在に導かれるようにして銀行を辞め、転勤のない会社に転職した。一年目は、銀行とは勝手が違いすぎて、なかなか慣れることができなかった。二年目になり、私の人生を変える大きな出会いがある。仕事にも職場にも慣れてきて、様々な取り組みを始めた。その一つが社員教育。管理職対象の研修プログラムを作成し、社長へ提案した。社長は私の提案を喜んでくれたが、思わぬ質問をされた。

「コーチングって知ってる?」

「……。いいえ、よくわからないです」

すぐにインターネットで「コーチング」を検索。まずは、自分でコーチングのセミナーを受講した。すると、私の人材育成に対する認識が一変した。それまでの私は、いかに相手を変えるかを考えていた。でもコーチングは、考え方が逆だった。相手を変えようとするのではなく、相手に応じて自分が変わる。相手を信じ、その良さを引き出していく。その後、全社員でコーチングを学んでいき、私自身もコーチ養成講座に通い、プロコーチの資格を取得した。部下への関わり、子育て、コミュニケーション全般が大きく変わっていった。社内では十数名の社員を対象に一対一のコーチングを継続し、成長をサポートした。私が講師となり、コーチング研修も実施した。その後も、総合管理部長として新人事制度の導入や様々な組織改革に取り組み、成果を上げ、子会社の社長に抜擢された。

二〇〇八年、その子会社が親会社に統合されることになった。社長を務めた経験から、「自分の好きな事業を自由にやりたい」という想いが強くなっていた。プロコーチの資格を持ち、社内でコーチングの実績を積んでいたこと、人材育成や組織活性化で一定の成果やノウハウがあったこともあり、プロコーチ・人材育成コンサルタントとして独立を決意した。

独立しようと決めて日記をつけはじめた。これから起業するための思いや考えを書き留めておきたいと思ったからだ。これが私を形づくる大切な習慣となっていく。

二〇〇八年六月に開業届を出して事業をスタート。彰悟は十二歳になった。勤めていたときは、平日は夜遅くまで会社で仕事をしていることが多く、一緒にお風呂に入ることはほとんどなかった。独立してからは自宅が事務所なので夕食も一緒、平日のお風呂も一緒に入れるようになった。一緒にいる時間が増えるとますますかわいく感じた。仕事は銀行員時代のつながりもあり、法人のお客様も毎月増えていき、今後この仕事でやっていけそうな目途もついてきた。

しかし、独立して三か月後の九月、リーマンショックが起こる。当初、影響はなかったが、十二月になると既存のお客様や契約したばかりの新規のお客様のキャンセルが相次ぎ、売上も激減した。独立を決意する直前に、住宅ローンの繰り上げ返済をしていて、貯金があまりない状態でのスタートだった。準備期間中や独立直後はお金が出ていくだけ。仕事が軌道に乗ったと思った矢先に、見通しが立たなくなってしまった。お金も底をつく。会社員時代も仕事に波はあったが、収入は安定していた。妻と二人の子どもを養い、住宅ローンもある。このままでは生活できなくなる。

売上を上げなくては……。

あせる気持ちが押し寄せてくる。営業をがんばればいいのだが、まったくやる気が起きない。

銀行員時代、頭取賞を受賞し、同期トップで課長に昇進したのに……。

転職先でも子会社の社長にまでなったのに……。

何してるんだ、オレ……。

自分を責める。どんどん苦しくなる。妻に内緒で子どもの学資保険を担保にお金を借り、売上と偽って、生活費を渡す。先の見えない状況にこれまで感じたことのない不安が襲う。

独立は失敗だった。

なんで、こんなことになったんだろう?

もとはと言えば、銀行を辞めていなければ、独立なんてしなかったのに。妻が銀行の退職を止めてくれたら、こんなことにはならなかったはずだ。収入がなくなり、仕事がうまくいかないのを妻のせいする。

「なんで銀行退職するの止めんかったん!」

妻は私の理不尽な言葉に言い返すこともなく、黙々と家事や彰悟の介護をしていた。

仕事もせずにこんなことを言う私に、なんで何も言わないんだろう？

仕事もなく、やる気もない。だが、時間はあった。あせる気持ちを紛らわすように一冊の本を手に取った。『3つの真実』（野口嘉則著）という本だ。

感謝すること

物語の主人公は三十八歳の男性。人材育成の会社を立ち上げ業績も順調だったが、突然大きな挫折を味わうストーリー。

この主人公は私だ！　年齢も仕事も、挫折体験も一緒だ！

引き込まれるように読んでいく。

読み終えると、至福感につつまれた。挫折を味わった主人公は最後に「おめでとう」と言われる。挫折があって、見失っていたものに気づき、本当の幸せを知ることができた。そして、人生が変わりはじめる。私は、自分が祝福されているように感じた。

この挫折がきっかけで、人生が変わるんだ！

あせりと不安から解放され、冷静に自分を見つめ直した。

リーマンショックが原因で売上が激減したと思っていたが、そうではなかった。表面的には「お客様のお役に立とう」と思っていたが、本心では売上を上げることが最優先。人材育成で「相手を信頼しよう」と言っていたが、私自身がそういう人間ではなかった。彰悟が入院・手術のときは、家族のことを一番に考えていたつもりだが、病状が落ち着くと、仕事や自分のやりたいことが最優先になっていた。二十四時間彰悟の介護をしている妻の悩みや不安をわかろうとさえしなかった。そんな人間がお客様を幸せにできるはずがない。仕事の依頼がなくなる原因は自分にあった。

私の人生の目的は、仕事での成果、出世、お金、そして人から「すごい」と認められることだった。彰悟が何度も病気・入院・手術を繰り返していたのは、私に見失っているものを気づかせようとしていたのではないか？　彰悟は自分の苦しむ姿で、「おとうさん、気づいてよ」と訴えていたように思えた。だが、私の本質的な生き方は変わっていない。今の苦しい状況は、それでも変わらない私に、神様が気づかせようとしているんだ。この状況を素直に受け容れることができた。

こうなってよかったんだ！

彰悟が生まれて以来、妻は自由になる時間がほとんどなかった。彰悟は痰の吸引が必要なので、特別支援学校（二〇〇七年に「養護学校」より名称変更）入学後も送迎のほかに二時間おきに学校に行っている。痰が多いときは呼び出しの電話があり、すぐに学校にかけつける。妻は実質自宅待機の状態で、出かけても近所での買い物程度だった。

さらに彰悟は「知的障がい」もある。食事と排泄、着替えなど日常生活に必要なことを根気強く教えながら、妻は彰悟の世話を続けてきた。愛情と忍耐がいくらあっても足りないくらいだ。体力的にも精神的にも大変な苦労を強いられて、ストレスがいくつも重なっていた。ときどきポロッと「私がどうにかなったら、しょうちゃんのことはよろしくね」と、生きるのがつらいようなことを言うことがあった。うつのような状態だった。

私は仕事のことで頭がいっぱいになっていると、妻のそんな苦労を聞く余裕がなく、耳をふさいでいた。そもそも私は、介護は妻の役割で、仕事をするのが私の役割だと思っていた。この先も一生、彰悟の介護が生活の中心になるであろう妻に、私は自分の仕事がうまくいかないことまで押しつけていた。

自分が変わろう。家族を幸せにしよう。

心の底から想いが湧き上がってきた。

その後、ふと新聞広告で近くの温泉旅館の案内に目がとまった。値段も安いし、ちょうど冬休みに入る。ひさしぶりに家族旅行に行こう。

美有は大喜び、彰悟はいつもと変わらず「何かあるのかな〜」という顔をしている。そんな彰悟もかわいい。美有は中学二年生、彰悟は翌春には中学部に上がる。

車で一時間の距離にある原鶴《はらづる》温泉の古い旅館に泊まった。おいしい料理と温泉、家族四人で一緒にくつろげることに、安らぎと喜びをしみじみと感じた。ロビーに置いてある観光案内を見て、翌日は香山《こうやま》昇龍大観音へ行くことにした。

カーナビをセットし山道を上る。山頂付近の駐車場に着くと、そびえ立つような大きな観音像が見えた。全高二十八メートル、日本一大きな昇龍観音。開運、金運のパワースポットだ。みんなで手を合わせ、家族の幸せと仕事の発展を祈願した。

眼下に見はるかすのは筑後平野。すがすがしい空気に気持ちも澄んでくる。独立して数か月、自分のことに精いっぱいで、妻や子どもたちの気持ちを考える余裕がなかった。いや、彰悟の病状が落ち着いてからは、自分のことしか考えていなかったのかもしれない。目の前に広がる景色を眺めながら、そんな思いがよぎった。

このとき、はしゃいでいた美有を妻は携帯で撮影した。その笑顔があまりにも素敵で、妻は携帯の待ち受けにした。

仕事は厳しい状況だが、数少ないお客様の仕事には、心を込めて取り組んだ。空いた時間、営業活動はせずに、自分の考え方や生き方を見直そうと、自己啓発書を買い、読みあさった。本に書いてある、やれそうなことは何でも取り組んだ。私自身の考え方や行動、言葉を一つひとつ見直した。独立を決意したときに始めた日記には、毎日、感謝できることを書くようにした。

「家族が一緒に元気で暮らせることに感謝」
「食事がいただけることに感謝」
「出会った人に、私と出会い、話をしてくれたことに感謝」

「メールを送って、返信をくれた人に感謝」

「本を読み、素晴らしい学びをくれた著者に感謝」

毎日感謝を意識すると感謝の幅がだんだんと広がっていく。

「冬で寒いのにあったかく過ごせる家があることに感謝」

「朝、目が覚めることに感謝」

「朝、太陽が昇り私たちを照らしてくれていることに感謝」

「呼吸ができることに感謝」

ありとあらゆることがありがたく思えてきた。


二〇〇九年、年が変わっても収入が厳しい状況はしばらく続く。でも、気持ちは明るく前向きだった。家族がいて、住む家もあり、食事もでき、毎日元気に生きていられる。数は少ないが、私に仕事を依頼してくれるお客様もいる。自己啓発書からの学びも実践し、営業活動も再開。心の中は満たされていた。学資保険を担保にお金を借りる生活は続くが、気持ちは前向きで、行動することも明確になり、その通りに行動できている。結果はあとからついてくるという確信が心の中に持てるようになっていた。

二月の最初の土曜日、彰悟の特別支援学校小学部最後の学習発表会があった。彰悟はリスに扮しての動物音楽隊。学年では一番小さく、かわいらしい。年明けから練習をがんばっていたようで、上手にドラムをたたいていた。彰悟のこういう姿を見ると心がじんわり温かくなる。

『幸せの四つ目のグラス』

四月、特別支援学校中学部の入学式。小学部と同じ学校での進学なので大きな変化はなく安心して通える。その日の午後、大学病院へ向かった。前年一月に続き、今回で四回目となる気管孔拡大手術のための入院だ。体の成長に伴っての手術で、これが気管の最後の手術となった。赤ちゃんのときの気管切開から数えると六回目の気管の手術になる。

手術は無事に終わったが、手術後は、食べ物も飲み物ものどを通らず、頬には涙が流れていた。痛々しいが、彰悟は自分に起きている試練を受け容れているように感じた。入院期間は十一日間。妻が付き添い入院の間、美有が家事をしてくれた。中学三年生になった娘の成長を実感した。

彰悟は無事に退院し、週末の土曜日に美有が十五歳の誕生日を迎えた。家族の誕生日は、いつも外食でお祝いする。今回は彰悟の退院祝いも兼ねての誕生会になった。イタリアンブッフェのお店に行き、席に案内される。好きな料理を自由に取れるが、彰悟はいつものように席に座ったまま。料理を取りに誘うが、妻や私が料理を取ってくるのを待つほうが好きなようだ。テーブルに料理が並び、グラスを片手にみんなで乾杯する。

「美有、お誕生日おめでとう！」

「しょうちゃんも退院おめでとう！」

「カンパーイ！」

そのとき、信じられないことが起きた。

乾杯はいつも私と妻と美有の三人だけだった。彰悟にも乾杯を教えていたが、よくわからないようで、いつも私たち三人の乾杯を見ていた。だが、この日、彰悟が初めてグラスを手に取り、私たちのグラスに合わせるように乾杯した。

「しょうちゃん、乾杯わかるん⁉」

「しょうちゃんが乾杯した！」

「しょうちゃん、すごいよ！」

家族みんなで大喜び。私も妻もうれしくてうれしくて涙があふれてきた。他のお客さんがいるのに乾杯に感動して、初めて外で泣いた。

乾杯は彰悟にはわからないだろうと、ずっと思っていた。一緒に乾杯してくれればという気持ちもあったが、「乾杯できなくてもいい。何をしても、何をしなくても彰悟はそのままでいい」と思えるようになっていた。でも、予期せぬ乾杯。グラスを手に取り乾杯しただけなのに涙が出るほどうれしい。普通の子だったら当たり前に思うことも、彰悟がすると感動に変わる。私たちに感動する心を与えてくれるために生まれてきてくれたのかもしれない。この子の父でいられる幸せを感じた。

この十日後、たまたま知り合った新聞記者に取材を受け、乾杯のエピソードも話した。のちに記事になったタイトルは『幸せの四つ目のグラス　ダウン症の長男と家族　愛し、信じ、学ぶ日々』（西日本新聞二〇〇九年六月十七日）だった。

思いがけない幸運

四月の終わりにメールを受け取った。「コーチングを学びたい」という問い合わせだ。その半月前、病室で彰悟を見ながら、これからのことを考えていたとき、ふと「自分の体験を盛り込んだセミナーを開催しよう！」という思いが湧き起こってきた。仕事でのこと、家族との関わり、たくさんの失敗を通して学んできた。そして今の自分がある。この体験を多くの人に伝えたい。前の会社でもやったことのあるコーチング研修をベースに、私自身の体験談をふんだんに盛り込もうと思った。自分の進む方向性が見えワクワクしていたところに来たメールだった。

そのきっかけは、前職で一緒だった倉掛さんと街でばったりと会ったこと。お互いの近況を話す中で、コーチとして独立したことを伝えた。倉掛さんは退職した友人にそのことを伝えたらしい。届いたメールはその友人、高田さんからのものだった。

このメールで、私は初の公開セミナー開催を決めた。高田さんには、五月のゴールデンウイーク明けまでにセミナーの日程と会場を連絡すると約束した。期限を決めたほうがものごとは進む。だが、なかなかいい会場が見つからない。お客さんが集まりやすい福岡市中心部の交通の便がいい会場は、どこも高くて手が出せない。

どうしよう。高田さんとの約束の期限が迫ってくる。

そのとき、ふとある人が頭に思い浮かんだ。数か月前に異業種交流会で知り合った国武さんだ。いろんな情報を持っている人なので、安くてよい会場を知っているかもしれない。

国武さんに電話して事情を説明すると、「セミナー会場ですか。……思い浮かびませんね」と私の希望に沿った会場に心当たりはなさそうだった。あきらめかけたとき、「あ、ちょっと待ってくださいね」と言われた。しばらく待っていると国武さんが電話口に出た。

「実は今、飲み会中なんですよ」

「そうでしたか。すみません」

「いや、いいんですよ。一緒に飲んでいる塚田さんに、いい会場知らないか聞いてみたんです」

「そうですか。ありがとうございます。塚田さんって、あの塚田さんですか?」

塚田さんも数か月前に、別の異業種交流会で知り合った人だった。

「そうそう、その塚田さん。塚田さんが、いい会場知ってるようですよ」

そのとき初めて聞いたが、塚田さんは本業以外に賃貸ビル業もしていた。つい最近、たまたまテナントが退去し、その空室でよければ無料で貸してくれるとのことだった。しかも場所もいい。福岡市中心部の地下鉄駅すぐそばだ。信じられない。塚田さんに電話を代わってもらった。

「塚田さん、ありがとうございます！　本当にいいんですか？」

「いいですよ。田中さんのこと知っているし、応援していますよ」

本当にありがたく、飛び上がって喜んだ。何かお礼がしたいと思い、塚田さんの会社の社員数名をセミナーに無料招待した。

日程は五月二十六日から毎週火曜日の夜二時間半で、三回シリーズのコーチングセミナー。開催まで一か月弱。ホームページやブログで告知し、チラシも配った。メールや電話でも知り合いに案内し、集客活動もがんばった。その結果、定員三十名を超える申し込みがあり満員御礼となった。

当日の受付や雑務は銀行員時代の後輩が手伝ってくれた。セミナーは私の体験談やロールプレイングを多く盛り込み大好評だった。セミナー参加者から依頼を受け、複数の会社でコーチング研修をおこなうことになった。このセミナーをきっかけに、仕事の依頼が増え、売上も伸びていく。学資保険を担保に借りていたお金も数か月後に完済した。

何でこんなに幸運が続くんだろう？

『3つの真実』に書いてあったことを思い出した。

感謝することによって幸せを見い出す。自分が幸せであることを認めたとき、ますます幸せな出来事が起きてくる。心の奥底で認めたものが現実化する。

この数か月、それまで当たり前だと思っていたことに感謝するようになった。仕事の状況は厳しかったが、心は幸せだった。心の奥底で認めたものが現実化したのだろうか？

独立して一年を迎える頃には仕事も軌道に乗った。その後、研修やコーチングの内容も「人間力の向上」や「生き方」をテーマにしたものに変わっていく。

ただ、彰悟のことでずっと心の片隅に引っ掛っていることがあった。

3. 魂の成長

人生のチャレンジャー

彰悟がまだ二、三歳の頃、ひさしぶりに学生時代の友人と会ったときのことだ。その友人は熱心な仏教の信者だった。会話の流れで「輪廻転生」の話になり、こんなことを言われた。

「現世で良いおこないをすると、生まれ変わったときに幸せになれる。悪いおこないをすると生まれ変わったときに苦しむことになる」

瞬間的に込み上げてきた怒りを爆発させ、鬼のような形相で友人に詰め寄った。

「息子が前世で悪いことしたから、いま苦しんでるって言うんか！」

彰悟は気道がふさがり窒息したり、体を固定されたり、泣き声すら出せないし、気管切開したあとも肺炎で繰り返し入院していた。苦しむどころの状態ではなかった。

なんで彰悟がこんなに苦しい思いをしなければならないのか？

そう思っている私に、「前世で悪いことをしたから罰が当たった」と言っているように聞こえた。

友人は私の怒りに圧倒され、ただただひたすら謝った。

「いや、そんなことない。ごめん、ごめん」

振り返ると、友人の言いたかったことは「いま生きている現世で徳を積むこと。それで現世でご利益がなくても、きっと来世で幸せになれる」ということだった。仏教の教えに「悪いおこないをすると来世で苦しむ」なんて書かれてない。でも、当時の私にはそうとしか受け取れなかった。それから十年経っても「現世で苦しいのは、前世で悪いおこないをしたから」という考えが完全に消えることはなかった。

しかし、一冊の本との出会いによって、障がいのある息子への見方が一八〇度変わることになる。あるプロコーチのサイトで推薦されていた本だ。タイトルは『生きがいの創造』。紹介文に惹かれ、購入した。

『生きがいの創造』は当時、福島大学経営学部助教授であった飯田史彦さんが書いた本だ。サブタイトルは「〝生まれ変わりの科学〟が人生を変える」。学者として、様々な臨床データを基に科学的な視点で「生まれ変わり」を解説している本だった。この本を読めば、ほとんどの人が「生まれ変わり」を信じ、著者が考えるその意味を納得することになると思った。私はむさぼるように『生きがいの創造』シリーズを十数冊読み進めた。『完全版　生きがいの創造』に次のように書いてある。

重い病気やハンディキャップを持ちながら生きる人は、決して「運の悪い人」ではなく、しばしば誤解されるように、「過去生で悪いことをした報いを受けている人」でもありません。なぜなら、意識体としての自分が宿る肉体そのものに試練を与えながら生きるというのは、この物質世界で人間として生きるうえで、最も困難な挑戦課題のひとつであるため、それほどの試練に挑戦するに値する、よほど発達した意識体のみに、そのチャンスが与えられるはずだからです。したがって、重い病気やハンディキャップを持つという高度な試練に挑戦している人は、人間としての卒業試験を受けたり、卒業論文を書いているような、それほどの学びを積んだ素晴らしい人であり、勇気あるチャレンジャーなのです。

（飯田史彦著『完全版　生きがいの創造　スピリチュアルな科学研究から読み解く人生のしくみ』）

＊

現在、欧米では、このような勇気ある人々を「病人」や「障害者」と呼ぶのは止めて、「チャレンジャー」（挑戦者）と呼ぶ習慣が広がりつつあるそうです。この言葉には、「それほどの高度な試練に果敢に挑戦している、素晴らしい人々」という、尊敬の念が込められているのです。

（同右）

彰悟は魂レベルが高く、あえて自分の魂を磨くために、障がいや病気を持って生まれてきたんだ！

『生きがいの創造』との出会いは、彰悟に対する見方を「尊敬」に変えた。

これまでの苦しみがどんどんと癒されていった。困難を乗り越えていく彰悟に、生きる強さやすごさを感じていたが、目に見えない魂のレベルでも心から尊敬するようになった。

本には、次のようにも書いてあった。

病気やハンディキャップなどの肉体的試練を持つ人の家族や友人にとっては、「そのような肉体を持って生活する人を、だからこそ十分に愛する」という、究極の家族愛・友人愛に挑戦する機会を与えてもらえます。（同右）

＊

「子どもの人生は、こんな病気なのに、それでも順調なのでしょうか？」

「彼にとっては順調です。あなたがた夫婦に、子どもへの真の愛を実践させる手助けをするという意味で、順調なのです」（同右）

＊

両親となる夫婦のほうが、「病気やハンディキャップを持つ子どもを育てることによって、大いに自分たちの愛のレベルを高め、飛躍的に成長したい」と願うこともあります。（同右）

私の自覚できる意識では考えられなかったが、私の魂は彰悟のような障がいを持った子どもが生まれるのを望んでいたのかもしれない。私の愛の実践、成長のために息子として生まれてきてくれたんだと思うと、言葉では表すことのできない感謝の気持ちが湧き出してきた。彰悟の父として恥じない人生を生きていこうと思った。

見方が変わると世界が変わる。以前は、特別支援学校の行事に行くと、子どもたちを無意識のうちに「大変だな」と上から目線で見ていたような気がする。彰悟が入学した当初は、それまでの私の普通の基準とは違う学校の雰囲気に違和感を覚えていた。だが、そういう思いが吹き飛んでいった。

どの子も生まれながらに何らかの病気や障がいを持っていて、私よりもはるかに磨かれた魂を持っている「人生のチャレンジャー」なんだ。そういう素晴らしい魂を持った人と、こうして一緒の空間にいられる。目に見える世界では、親や先生の支援を受けているように見えるが、目に見えない世界では、私たちの愛の実践や人間的な成長を手助けしてくれているんだ。そう思うと感謝と喜びの気持ちでいっぱいになった。

娘との交換日記

その頃、私は美有と交換日記をしていた。

美有が中学二年から通いはじめた塾で、「日記をつけよう」と専用の日記帳をもらった。同時期に私はプロコーチとして独立し、人の成長を応援する仕事を始めていた。日記を始めると教えてくれた美有に、私ができることを考えた。

美有が書いた日記に毎日応援のコメントを書こう！

美有もＯＫしてくれた。

日記には毎日、目標項目を書く欄があり、達成状況もチェックするようになっている。その後に日記の文章を書いていく。ある日の日記を、美有の許可を得て紹介する。

今日はとても良い一日でした。お父さんが話してくれた「未来のいい自分を想像する」という話はおもしろかった！　まずは自分の力を信じて、目標や夢に向かってがんばることが、一番大切やね。いい話、ありがとう！

〈私のコメント〉

美有、ありがとう。美有の感謝の文章を見て、その話をしてよかったと思いました。これは本当に成功の秘けつですよ。お父さんも、毎日、未来の成功をイメージしています。そしたら、本当にいいことが起きてます。

専用の日記帳は三か月分しかなかったが、私も美有も交換日記が楽しく、最終的に二年間続けることになった。

二〇〇九年、美有が中学三年生の夏休みに入る一週間前、交換日記に「相談にのってください」と書いてあった。内容は、友だちの一人が『ガイジ』という障がい児を差別する言葉を使い、障がい児を見下していたことだ。美有は彰悟のことを考えると悲しくなり、その友だちとどう関わればいいかの相談だった。

翌日の夜、夕食を終え、お風呂も入り、あとは寝るだけの状態になった。彰悟は寝ていて、妻は台所で片づけをしていた。リビングには美有と二人だけになった。

「日記に書いてた話をしようか？」

「うん」

リビングの白いソファーに隣り合わせに座り、日記に書いてあった友だちのことを詳しく聞いた。そのあとで私から尋ねた。

「美有はしょうちゃんのこと、どう思っとう？」

「かわいいよ」

「うん、そうやね」美有は優しいお姉ちゃんで、弟をかわいがっていた。

「他には？」ひょっとしたら私の知らない面があるかもしれないと思い、何度かこの質問を繰り返した。すると美有の口から私がこれまで聞いたことのない話が出てきた。

「学校で、友だちから『兄弟おるん？』って聞かれることがあって……。『弟がいる』って言うけど……でも同じ学校にはおらんし……『特別支援学校に行きよう』って言うと、友だちもなんて言っていいかわからんで、話が終わることがある」

「そうか〜。美有も友だちも話しづらいよね。他には？」

「しょうちゃんはかわいいけど、声が出せないやん。せっかくの姉弟だし、お話できたらって思う。姉弟なのに、何も話せないし」

「そうやね。話できんもんね」

美有も彰悟の障がいで残念な気持ちを抱えていたんだ。そう思いながら同時に、今まで一度もこういう話を聞いてあげたことがなかったことに気づいた。

「じゃあ、今度は、お父さんから美有に見てほしい動画があるんで、一緒に見ようか」

と言い、テーブルに置いてあった私のノートパソコンを開いた。お気に入りに登録してる『強い子』（福島正伸作）という動画の再生ボタンを押しながら言った。

「動画やけど、文字が出てくるんで、目で追ってね」

ちょっと悲しげなメロディーとともに、黒い背景に白い文字が浮かんできた。

これはある難病の女の子のお話です
女の子は進行性の病気で入院していて
頭や体のあちこちに器具がとりつけられていました
大きな手術が必要でうまくいかなければ命を落とすこともあるそうです
お母さんはそんな彼女を見ると悲しくてしかたありません
「どうしてうちの娘がこんな姿に…」
女の子は大好きなお母さんを元気づけたくて

お見舞いにくるお母さんをいつも笑顔で迎えていました
女の子は童話を読むのが大好きで　自分でもよくお話をつくっていました
そしてお母さんのために「強い子」というお話をつくりました
それは彼女が生まれる前のお話です

ある日　神様に呼ばれて行くとたくさんの赤ちゃんたちが並んでいて
一人ずつプレゼントをもらっています
「あの町にうまれたい」「お金持ちの家にうまれたい」
神様はどんなことでもかなえてくれるのです
女の子の順番がやってきましたが　何がほしいか決まっていませんでした
ふと見ると神様のうしろに「重い病気」というプレゼントがあります
「これは誰がもらえるの？」
「いちばん強い子だよ
このプレゼントをもらった子は生まれてからすごく苦しいんだ
だから　いちばん強い子にしかあげられないんだよ」

女の子は思いました

「他の子がこのプレゼントをもらったら　その子にあったときつらいだろうな…」

そして神様に言いました

「そのプレゼント　私にください　私がいちばん強い子よ

他の子にはあげないで　他の子が苦しむのはいやだから

私がいちばん強い子だから私にちょうだい」

「君が来るのをまっていたんだ　君がいちばん強い子なんだね」

ねえ　ママ　そうやって神様にお願いして私は生まれてきたんだよ

お母さんは涙を流しながらも　笑顔で女の子を抱きしめました

私は陰ながら難病の子供たちの支援をさせていただいています。

このお話は私が出会った　ある女の子のお話です。

最初にその女の子の写真をみたとき　その子は笑顔で写っていました。

その笑顔の理由が　この「強い子」のお話です。

ある説によると人間の遺伝子はすべての人がほんの少しずつ違っているそうです。
それはすべての人が違う体質となって生まれるためだそうです。
たとえ一つの恐ろしい病気が人類を襲ったとしても
その病気にかかりにくい体質を持った人が生まれるためだそうです。
そうすると一つの病気が人類を滅ぼすことはできなくなります。
ただそのために重い病気を持って生まれてくる子もいるのだそうです。
難病の子供たちはみんな人類にとって最も大切な存在なのかもしれません。
すべての人に生まれてきた理由があります。
そしてそれは自分で見つけ出すことができます。
意味のない状況はありません。
意味を見出そうとすれば必ずそこに重要な意味があることに気づきます。
私たちが人間として生まれてきたのは
まわりの人々だけでなく他の生物や未来の地球にとって必要な存在だからなのです。

福島正伸

美有は食い入るようにパソコンの画面を見ていた。

私は『生きがいの創造』で学んだことをもとに、美有に話しはじめた。

「生きていると人間関係とかお金や時間とか、思い通りにならないことっていっぱいあるよね」

「うん、ある」

「そういうときってどうする？」

「悩んだり、苦しかったり、いろいろ考える」

「そうよね。いろいろ考えたり、工夫したりしてなんとかしようとするよね。実はそうして人って成長するんよ」

「そうか、そうよね」

「人って、そういう体験を通して少しずつ成長していくんよ。そして、ある時期がくると、みんな死ぬんよ」

「うん」

「死ぬと肉体はなくなるけど、魂は生き続けてる」

「うん、聞いたことある」

「魂だけになると自分を取り囲む物質的なものがなくなって、どんなことでも思い通りに自由になるらしい」

「ほー、いいね」

「うん、一見よさそうに思えるけど、一つだけよくないことがあるんよ。なんと思う？」

「う〜ん……」しばらく考える美有だが、なかなか答えが出てこない。

「これ、お父さんもわからんぐらい難しい質問なんよ」

「そうなんや」

「うん、答えは、魂が成長しない」

「魂が成長しない？」

「思い通りにならないことがあって、人って初めて、工夫したり、自分を磨き高めようとしたりして、成長することができる。でも魂だけではそれができない」

「あ〜、そうやね」

「この世界は、宇宙も地球も動物も植物もすべて進化、成長しようよね。魂も同じように成長したい。そこで、魂を磨き、成長するために人間として生まれ変わるんよ」

「なるほど～」

「仮にお父さんが今の人生でこれだけ成長したとする」そう言いながら、左手の手のひらを下にし、二十センチぐらい上に右手の手のひらを持っていく。続けて言う。

「いつか亡くなって、魂だけになると、次はこれまでの人生よりも少し難しい人生をあらかじめ選んで生まれてくる」左手はそのままに、右手の位置を三十センチぐらいに高くする。

「また次はこれぐらい」さらに右手の位置を四十センチぐらいに高くし、続ける。

「これをどんどん繰り返しながら難しい人生に挑戦して、魂は成長するんよ。簡単な人生を選ぶと魂は成長できんもんね。そして、魂が磨かれきって、もう生まれ変わる必要がなくなると、人としての人生を卒業して、神さまになって空から地球を見守ったり、お釈迦さまやイエス・キリストのように地球上に愛が広がるように活動するんよ」

「へ～、そうなんや」

「それで、神さまになる直前の最も難しい人生が、生まれながらにして自分ではどうしようもない試練を背負った人生で、それは、生まれながらの障がいを持っている人生なんよ。さっき見た『強い子』もそうよね」

「そうか〜。そしたら、しょうちゃんも神さま直前の魂やね！」

「そうなんよ！　しょうちゃんは神さま直前の魂で、すごい魂なんよ！　お父さんは、しょうちゃんのような人生を代わりに送れるか考えたことあるけど、とても耐えられそうにないと思った。魂がそこまで成長してないもんね」ちょっと苦笑いしながら言った。

「わたしも無理と思う」

「そうよね。しょうちゃんってすごいよね」

「うん、すごい！」

「美有、この話、初めて聞いたよね？」

「うん、初めて」

「ガイジって言ってたお友だちって、この話、知っとうと思う？」

「知らんやろうね」

「そうよね。知ってたらガイジって言ってたかな？」

「言わんと思う」

「そうよね。そのお友だちは、ただ、こういう話を知らんかっただけなんよ。お父さんも最近、本読んで知ったぐらいだから」

その日の娘の日記にこう書いてあった。

今日はありがとう。相談してよかった。わたしもひょっとしたら彰ちゃんがいなかったら、まわりに流されて見くだした発言をしてたかもしれません。そう考えると、〇〇ちゃんには、ちゃんと伝えようと思います。彰ちゃんが弟で、この家族と一緒にいれてよかったなって改めて感じられました。わたしも今日のお父さんとの話で魂が成長できたかもしれません。じゃあ、次は神さまか……。笑

わたしも他の人に、彰ちゃんのことを話すのは少しためらっていたけど、たった一人の弟だし、何回も死にかけそうになって、たくましく生きているから、お父さんの話を聞いて、彰ちゃんは自慢すべき存在なんだなと思いました。お父さんも言うように、まだまだ、これから色々なことがあると思います。まわりからなんと言われようと彰ちゃんのことを誇りに思います。〇〇ちゃんにも、私の言うことで、考えが変わってくれるといいな。

今日は、おそくまで、お話ありがとう。うれしかったです。

〈私のコメント〉

相談どういたしまして。遅くまで付き合ってくれてありがとう。「彰ちゃんは自慢すべき存在」そうだよね。美有も○○ちゃんとの件で、成長できてよかったね。もし、○○ちゃんがそんなこと言ってなかったら、今日の美有とお父さんの話はなかったよね。○○ちゃんにも感謝だね。美有とお父さん、彰ちゃん、お母さん、で最高の家族を作ろうね。お父さんも今日、美有と話せてうれしかったよ。ありがとう。

第三章

気づきと学び

――心を感じる

1. 気づきの始まり

お風呂で教えられたこと

二〇一〇年夏、独立して二年が経ち、彰悟は十三歳になっていた。

彰悟は自分でどこかに「遊びに連れてって」と、リクエストをするのは難しい。これまで何度も死と隣り合わせの壮絶な体験をしてきた。私は、そんな彰悟が楽しめる場を作ってあげたいと思っていた。

彰悟はお風呂で遊ぶのが大好きだ。湯船に浸かりながら市販のプリンカップにお湯を入れ、また別のカップに注ぐ。三つのカップの中をお湯がいったりきたりしている。楽しそうな彰悟の姿を見ると幸せな気持ちになってくる。でも、私がお風呂から上がるときには、彰悟も遊びをやめて一緒に上がっていた。

そうだ！　彰悟が上がりたくなるまで、毎日遊びたいだけ遊ばせてあげよう！

その日、私は先にお風呂から上がり、脱衣所から彰悟の様子を見守っていた。彰悟は目を細めながら笑顔いっぱいで楽しそうに遊んでいる。私までうれしくなる。いつまで遊ぶのかな、と思いながら時計を見ると五分が経っていた。彰悟は私のことなど気にも留めていない。十分経過、私も手持ち無沙汰になりストレッチを始める。二十分経過、ちょっと長いな。「しょうちゃん、上がるよ～」と声をかけ、半ば強制的にお風呂遊びをやめさせてしまった。二十分も遊ぶとは想定外で、思う存分遊ばせようという決意は初日にして崩れてしまった。まあでも、二十分も遊ばせたのだから、よしとしよう。

次の日も彰悟を待った。やはり二十分経ったところで「しょうちゃん、上がろう」と声をかけてしまう。彰悟が満足して自分から上がるまで待つのは難しい。そんな日が何日も続く。次第に私は、彰悟が自分の意思でお風呂から上がってくれるにはどうしたらよいかを考えるようになった。

そうだ、ペーシングしよう！

コミュニケーションの基本は相手にペースを合わせること。まずは彰悟のペースに合わせよう。そしたら彰悟も私のペースに合わせてくれるだろう。

翌日、私の分のプリンカップを準備し一緒に遊びはじめた。すると『これはおとうさんの遊ぶものじゃないよ』という感じで彰悟が私のプリンカップを取り上げた。私が彰悟に合わせるどころではない。でも、もう一回チャレンジしよう。彰悟から取り上げられたプリンカップを奪い返し、再び遊びはじめる。『何してるの』という感じで、再度プリンカップを取り上げられた。三回目もチャレンジをするが同じ結果に。あきらめかけたが、四回目のチャレンジをした。彰悟がじっと私を見つめる。今度は取り上げない。一緒に遊びはじめる。彰悟が私のしつこさにあきらめたようだ。彰悟の隣でプリンカップを使って遊ぶ。しかし、ペーシングにはなっていない。彰悟のプリンカップ遊びが私のタイミングで終わることはなかった。

季節は秋から冬へ。脱衣所には小さなファンヒーターを置いた。半年が経とうとしている。相変わらず彰悟はお風呂遊びが楽しくて、なかなかお風呂から上がってくれない。長いときは三十分以上待っている。

今日は早く上がってくれないかな〜と、いつものように待ちくたびれているとき、突然、半ばあきらめのような気持ちが湧いてきた。

もう無理だ。どうがんばっても彰悟がお風呂から上がる時間を思い通りにすることはできない。彰悟はお風呂遊びが楽しいんだ。それでいいじゃないか。

次の瞬間、彰悟がスッと立ち上がった。私のあきらめを言葉や態度に出したつもりはない。どうしてだろう?

彰悟の体をバスタオルで拭きながら聞いてみた。

「しょうちゃん、ありがとう。どうして急に上がったん?」

彰悟はいつものようにニコニコ笑顔だ。

しばらく考えた。

人を自分の都合にいいようにコントロールはできない。

相手を純粋に思う気持ちが大切なんだ。

私がそのことに気づいたので、彰悟も「おめでとう」とニコニコ笑顔でお風呂から上がってくれたんだ。それしか思い当たらない。半年かかって、やっと気づいた。忍耐力もちょっとはついたかもしれない。彰悟に感謝だ。

カメラ目線？

この頃から、彰悟が私の期待通りにならないと思ったときには、自分の心の中を振り返ることが習慣になった。ほとんどのことは私の思い込みや自己中心的な考え方に原因があることに気づく。

家族旅行に行くと、みんなで記念写真を撮る。でも家族全員が正面を向いた笑顔の写真はない。

「写真、撮るよ。おいで」と声をかけると、彰悟はその場所には移動するが、なかなかカメラのほうを向かない。下を向いたり、横を向いたり、斜め上を向いたり。笑顔を見せることはめずらしく、どちらかというと変な表情が多い。私がカメラを指さして「あっち見て」と言っても、まったく私の期待に応えてくれない。

そのとき、私の頭の中で彰悟は「写真をちゃんと撮らせてくれない困った子」だった。

逆に彰悟の立場から考えると、写真を撮る場所にいるのに「顔の向きや表情まで要求してくる困った親」になる。彰悟にとっては、かわいい写真が撮れようが撮れまいが、まったく関心のないことだ。

私がカメラ目線のかわいい彰悟の写真を撮ろうとしているのは、「家族みんな笑顔の写真が撮りたい」という自己満足だった。それに気づくと写真を撮らせてくれるだけでも、ありがたいと思うようになった。

それでもかわいい写真を撮りたい気持ちはあるので、スマホで写真を撮るようになってからは連写、連写、連写。奇跡の一枚を期待するが、めったにいい写真は撮れない。でも「それが彰悟の自然な姿かなぁ」と思えるようになった。

宙に舞う枯れ葉

思い出したことがある。

彰悟が養護学校の小学部一年生のときに、妻から聞いた話だ。

秋も終わりに近づき、枯れ葉が舞い散る季節。地域の子ども会の活動で、公園清掃に参加していたときのこと、子どもたちみんなで枯れ葉を集め、掃除が終わろうとしていた。

枯れ葉は公園の中央に小高い山のようになっている。彰悟はその前に行き、突然、その中に手を入れた。次の瞬間、空に向かってパーッと枯れ葉をまき散らす。せっかくみんなで掃除した公園に、枯れ葉がひらひら舞い散った。彰悟は満足そうな笑顔。

すると、年上の男の子がそばに行き、両手を枯れ葉の山に入れると、彰悟と同じように空に向かって勢いよく枯れ葉を舞い散らせた。

「楽しいね！」その男の子は笑顔で言った。彰悟もうれしそうだ。

二人で枯れ葉を何回か舞い散らしてから、男の子が言った。

「あー、おもしろかった！　じゃあ、片づけようか」

彰悟も納得した様子で、男の子と一緒に片づけはじめた。


妻の話を聞いて、私はうなった。「その男の子は素晴らしい！」。普通なら彰悟の行動を注意しそうなところだ。でも、この男の子は、彰悟の気持ちになって、一緒に枯れ葉をまき散らすのを楽しんだ。それから片づけを呼びかけた。彰悟の気持ちが満たされて、一緒に片づけることもできた。なかなかできることではない。そして、この様子を見守っていた妻も素晴らしい。「彰悟は恵まれているな」とも思った。

いや、彰悟はたまたま、まわりの人に恵まれているだけなのだろうか。それだけではなく、彰悟の存在がまわりの人を優しい気持ちにさせ、その人たちの素晴らしさを引き出しているようにも思える。

真剣に叱るとは？

家族旅行に行くと、彰悟の一番のお楽しみは大浴場。広いお風呂に入ると、テンションが上がるようだ。白い歯を見せてニカッと笑い、両手でお湯をすくい上げ、大きなお湯しぶきを立てる。バシャーン！　バシャーン！　バシャーン！　彰悟の立ち位置は私が誘導して、まわりに迷惑はかからないようにする。

お風呂を上がると脱衣所でも彰悟はイタズラモード全開だ。洗面台を前にして私がドライヤーで頭を乾かしていると、隣に座っている彰悟が目の前の水道のレバーを上げて水を流しはじめる。うれしそうなニッコリ顔だ。そのまま、隣の洗面台の水道も流し、そのまた隣の洗面台の水道も流す。

「しょうちゃん、水道流しっぱなしはダメやろ～。お水もったいないやろ～」

そう言いながら、彰悟を追いかけ水道を止めてまわる。だが、そんなことはおかまいなしにニコニコ笑顔で脱衣所中の水道のレバーを片っ端から上げてまわる。まるでEテレの「おかあさんといっしょ」に出てくる「やんちゃるモンちゃ」だ。彰悟は「やんちゃるモンちゃ」が大好きで、イタズラをするモンちゃのビデオを見て、いつもお腹を抱えて大笑いしている。

私も口では「ダメ」と言って注意するものの、内心では、たまにはこういうイタズラもいいかと思っているので、それが彰悟にも伝わっているようだ。むしろ、かわいい浴衣姿で楽しそうにはしゃいでいるのを見るのは親として幸せだ。

でも、たった一度だけだが、イタズラした彰悟を叱ったことがある。これは絶対やっちゃダメ！というイタズラだった。このときは真剣に彰悟と向き合った。

まず、同じ目線の高さになるようにしゃがみ込む。真顔で真剣に彰悟の目を見つめながら、少し低めの声でこう言った。

「しょうちゃん、これ絶対やったらダメなんよ。わかった？　こんなことしたらダメなん。お父さんにもまわりの人にも迷惑かけるの。もう絶対にこんなことせんで。絶対ダメやけんね」

彰悟は言葉の意味はわからない。でも、イタズラの直後に、これまで一度も叱ったことのない私が真剣に叱っている。それだけは伝わったようだ。たったこれだけだが、その後、二度と同じイタズラはしなくなった。

彰悟と一緒にいると、どれだけ真剣に相手と向き合うことが大切なのかが、本当によくわかる。言葉ももちろん大切だが、それ以上に伝わるのは深い思いだ。二度としなくなったイタズラも、真剣に叱るということがどういうことかを教えるために、彰悟が起こした出来事のように思えた。

てこでも動かない

彰悟が「イヤ」という意思表示をするときは、たまに全身での抵抗になる。

私の両親の古希のお祝いも兼ね、三世代でハウステンボスに家族旅行に行ったときのことだ。彰悟はお出かけが好きで、車に乗るといつも興味深そうに窓から外の景色を眺めている。自宅から車で高速道路に乗り一時間半、ハウステンボスのオランダ風の建物や大きな水車が見えてきた。

「着いたよ〜」駐車場に車を停めた。みんな車から降りるが、彰悟は動かない。

「しょうちゃん、着いたよ〜、降りようか〜」声をかけるが石のように動かない。彰悟用にいつも車に置いてある丸いクマの顔の平べったいクッションを抱きかかえたままだ。

降りたくないのかな？

彰悟はお出かけが好きで車にはいつも喜んで乗る。ここまではＯＫ。だけどときどき、車から降りないことがあった。買い物のときだったら、私か妻のどちらかが車の中で一緒に待ったり、買い物を手早く済ませたりする。しかし、今回は父も母もいる家族旅行だ。私と彰悟だけ車の中でお留守番というわけにはいかない。申し訳ないけど、降りてもらうことにする。

「しょうちゃん、今日はみんなで一緒にハウステンボスで遊ぶの。そのままお泊りもするし、車降りよう。楽しいよ」

何回頼んでもまったく降りようとしない。家族旅行で車から降りないのは初めてだ。

仕方ない、力ずくで降ろすしかない。

　私は助手席側の後部座席に座っている彰悟を抱きかかえて降ろそうとする。だが、「降りない」という意思は固い。身長は百三十七センチと十歳児ぐらいで小さいが年齢は十七歳。体幹と筋力は並外れて強い。彰悟はシートや扉に手をかけて踏ん張っている。家族みんなが私と彰悟を心配そうに見つめている。格闘すること数分。やっと車から引きはがし、降ろすことに成功した。

「やった～」全身の力が抜けるように言葉が出た。

　三月で肌寒い季節だったが私も彰悟も汗だくだ。私は少し曇った眼鏡を手に取り、額から流れる汗をぬぐう。呼吸も整い、彰悟と手をつなぎ、やっと歩きはじめる。だが、数歩歩くと、私の油断した隙をつき、彰悟はトコトコトコッと車に向かって逆戻りする。

「あ～」みんな一斉に落胆した。

　すぐに追いかけ、何とか抱きかかえた。今度は空中で態勢を入れ替え、背中におんぶする。地面に降ろすと、また車に逆戻りされるので、おんぶしたままハウステンボスへ行くことにした。駐車場に着いてから十数分かかった。車に戻るのをあきらめた背中の彰悟に「ありがとう」と言いながら歩いた。

するると、そばにいた母が一言ポツリ。

「あんた、ありがとう、って言うんやね」

そうか、母は「ありがとう」って言う私に違和感があるんだ。母は彰悟と一緒に暮らしていないので、あまり彰悟のことはわかっていない。彰悟は単なるわがままで車を降りない困った子に見えたようだ。だが、ハウステンボスに来たのは私たちの都合。彰悟の同意を得たわけではない。そもそも同意を得るのは困難だが。

彰悟は自分の意思を伝えるのが難しいので、イヤなことはこうして意思表示するしかない。ひょっとしたら、何度も来たことがある場所だから「違うところがいい」のかもしれないし、車の窓から景色を見るのが好きなので「もう少しドライブしたい」のかもしれない。「歩く気分じゃない」のかもしれない。そう考えると、彰悟の気持ちに応えられずに「ごめんね」という気持ちと、一緒についてきてくれて「ありがとう」という気持ちしかなかった。

待つこと・ゆずること

嫌なことへの意思表示は、はっきりしている彰悟だが、自分ではどうしようもないことは、そのまま受け容れている。

彰悟が十六歳のときのこと。仕事中に妻から携帯メールが届いた。「体調が悪いので病院に行きます」。私は法人のお客様のコンサルティングの最中。美有はすでに県外の大学に進学して家を出ていたので、彰悟は妻が一緒に病院に連れていくしかない。仕事が終わり、病院に着いたのは夜九時頃だった。

彰悟は一人、待合室の椅子に座っていた。そこへタイミングよく妻が検査室から出てきた。病状を調べる検査が長引いたようだ。彰悟は空腹のはずだが、不機嫌な表情はない。何時間もただじっと座っていたようだ。まるでお地蔵さんだ。

詳しい検査結果は後日聞くことになり、帰れるようになると彰悟はうれしそうに車へ乗り込んだ。帰りにスーパーでお弁当を買って、夕食は夜十時近くになった。ふだんなら寝る時間だが、笑顔でおいしそうにお弁当を食べている。こんなに待たされて、「なんで～!」とか「早くしてよ～!」とか思いそうなものだが、彰悟は言葉に出せないからというより、ただじっと受け容れている。彰悟はずっとこうして生きてきた。

彰悟の行動で感心させられるのは、いつもゆずってくれることだ。やろうとすることが私と重なっていると必ず止まり、私の行動が終わってから動く。台所や洗面所で水道やタオルを使うときも私を優先してくれる。私が押しのけているわけではないが、彰悟は私の動きを察して一歩引いてくれる。台所の流し台で何かしたいことがあっても、私が立っていると後ろでじーっと待っている。お風呂で同時に洗面器に手をのばすことがあっても、先に手を引っ込めている。狭い場所をすれ違うときも、気づくと自分からよけている。

理由はいろいろと考えられるが、第一に声が出せないこと。普通なら、「あっ」とか「待って」とか何かしら声で相手に知らせることができる。それができず、人に気づかれにくい彰悟は、自然と自分がゆずったり待ったりするようになったんだと思う。そもそも彰悟には急ぐ理由がなく、基本的に性格は穏やかで気が長い。よくいえば、成熟した人格だ。私はせっかちなところがあるので、ここも見習っていこうと思う。

長い「いただきます」

あらためて彰悟のふだんの生活を見ていると、気づかされることが山のようにある。一つは、食事のときの「いただきます」の合掌。食べはじめる前には短くても二、三分、長いときには十分以上、手を合わせている。あまりの長さに、妻がそのあいだに食べ終えることもある。実家に帰ったときなど、「しょうちゃん、食べていいよ」とよく言われる。遠慮していると思われているようだ。

ご飯やお味噌汁をおかわりするときも、再び手を合わせて「いただきます」をする。食べている途中でも、気づいたら「いただきます」。デザートのときも「いただきます」。食事の時間の四分の一ぐらいは「いただきます」をしている。

その意味を考えるようになったのは、二〇一一年、東日本大震災がきっかけだった。私自身の生き方を見つめ直すことになり、私の「いただきます」が変わる。この食べ物を育んでくれた太陽や地球、土や水や空気、育ててくれた人、運んでくれた人、料理を作ってくれた人、食べ物そのものの命。それら一つひとつに感謝し、みんなの幸せをお祈りしながら「いただきます」をするようになった。それまでは数秒だった合掌が一分ぐらいになり、そこで気づいた。

彰悟は食事ができることの喜びと感謝を、長い「いただきます」で表していたんだ！振り返ると、彰悟は生後半年ぐらいまでは、口からミルクを飲むことができず、鼻から栄養チューブで入れていた。その後も、肺炎や気管の手術で十三歳までに十一回の入院を繰り返し、食事ができないことも多かった。

私が四十歳過ぎてやっと気づき、始めたことを彰悟は物心ついたときからやっていた。


彰悟は、寝る前の「おやすみなさい」も深々と頭を下げている。寝るのはリビングの隣の和室で、川の字に布団を並べている。彰悟は引き戸を閉めると必ずリビングのほうに向かって深々と頭を下げている。私が先に布団に入っていると、いつも見る光景だ。体が柔らかいので、折りたたみ式携帯電話のように上体が脚にピタッとくっつく。数回お辞儀をして布団へ入る。「今日も一日楽しく過ごせたよ。みんな、ありがとう」と言っているようだ。今、生かされていることに感謝している気持ちが伝わってくる。私も見習おうと思いながら、ついつい忘れてしまう。

モノとつきあうマイルール

驚くほどモノを大切にするのも、彰悟の特徴だ。一人でよくやる遊びが、好きなカードを並べること。中学部に上がる十二歳からずっとやっている。そのカードは、小学部の先生がポケモンのキャラクターの絵をラミネート加工して、卒業する時にくださったものだ。

彰悟はマイルールでいつも規則正しく並べる。並べ終わるといったん片づけて、再度、違う形に並べかえる。これを何度も繰り返す。毎日のようにカードを並べていると、だんだんとラミネート加工が剥がれてボロボロになる。でも、彰悟は大切に大切にあつかっている。ラミネート加工が完全に剥がれ、ついに何のキャラクターかもわからない状態になってお役目が終了する。使いはじめて捨てるまで約十年。捨てるときも、まとめて捨てるのではなく、一つひとつ確認して、もう使えないという状態になったものしか捨てない。それでも全体的に古くなってくる。

そこで、妻が新しくラミネート加工したポケモンのカードを作った。妻も私も彰悟の喜ぶ姿を楽しみにしていた。彰悟が学校から帰ってきて、いつものようにポケモンカードの袋を取り出す。だが、妻が新しくラミネート加工したポケモンカードは棚の中にしまう。

「え〜っ！　なんで〜。新しいカードを喜ばないの〜」妻も私もがっくり。

その後も、新しいカードのほとんどは未使用のまま。数年経って古いカードが減ってくると、それを補充するように最小限の新しいカードを取り出すだけだ。

お絵描きのクレヨンにしても同じだ。普通はある程度小さくなると処分するが、彰悟は違う。クレヨンが米粒より小さくなっても、物体としてなくなるまで使いきる。最後は直径一ミリの小さなクレヨンを人差し指の先で紙の上に押さえ、指を動かしながらクレヨンの寿命をまっとうするように使いきる。私もモノを大事に使うほうだが、彰悟は私に生き方のお手本を見せてくれているようだ。

自然にコツコツ鍛錬

彰悟は二、三歳ぐらいから自然に、体幹トレーニングとストレッチのようなことを毎日やっている。畳や床に座っていると、両足を前にまっすぐ伸ばし、上体を前後に絶え間なく動かす。一日合計すると二、三時間はやっている。私が動きをマネしても一分ももたない。かなりの運動量だ。

もともと体は柔らかく、小さい頃にソファーでお昼寝をしている体勢にビックリしたことがある。仰向けに寝ているのに、両足が上半身の上に折り重なり、つま先が頭の位置まで届いていた。

今では脚の筋肉がかなり発達していて、太ももは表側も裏側もガッチリし、競輪選手かラグビー選手かと思うほどだ。山道をドライブしていて、座席に座っている妻や美有の体が揺られても、彰悟は重心が安定していて微動だにしない。

私自身を振り返ると、中学時代から体を鍛えようと本や雑誌で筋トレの方法を勉強し、器具も使いながら筋トレを始めた。四十歳を過ぎた頃からは、それまでの筋トレから体幹トレーニングとストレッチに変わっていった。彰悟は物心ついたころから誰からも教えてもらうことなくそれをやっている。

彰悟は毎日和室で一人たたずむ時間も多い。以前は、ぼーっとしてるだけのように思っていた。でも私が瞑想をするようになって、彰悟は瞑想していたんだと気づいた。

彰悟は、毎日同じことをコツコツ繰り返し、体も心も強くなっていった。

2. 日々是好日

ぼく、できるよ

彰悟は十七歳になり、これまでにない行動を見せた。

その日は彰悟と私、二人だけで家にいた休日。午前中は彰悟のことを気にかけながらカーポートや玄関の掃除をしていた。掃除を終えたら、午後は二人でスーパーに買い物に行く予定だ。すると、彰悟がスーパーの会員カードを私の財布に入れて、玄関まで持ってきた。

「えっーー！　しょうちゃん！」

しかも着替えもして、吸引器などお出かけ準備もひとりでしている。

『お買い物に行こう！』と呼びかけている！

「わぁー！　お買い物に行く準備したん！　しょうちゃん、ありがとう！」

これまでこんな行動をするのは見たことがない。びっくりだ！

彰悟は何も言わないけど、いつもちゃんと見ていたんだ。スーパーの会員カードを持っていくこともわかっているし、お出かけに必要なものも何でもわかっているんだ。

「しょうちゃん、すごい！　しょうちゃん、すごい！」

あまりにうれしくて感激して、すぐに支度し、午後から行く予定のスーパーへ二人で車に乗って出かけた。彰悟はいつものお気に入りのアソートチョコをニコニコ笑顔でカゴに入れた。その笑顔がいつも以上でとってもうれしそうだ。

『ぼくがお買い物に行く準備して、おとうさんを誘ったもんね』

満足感が全身から伝わってくる。普通だったら何でもないことかもしれない。むしろ、「それがどうしたの？」というぐらいのことだ。でも、この日の彰悟の行動に大感激！

何でもないことで私を感動させてくれる。こんな素敵な子が息子でいてくれて私は幸せだ。

この夜、さらに私を驚かせる出来事があった。

お風呂にお湯をためながら、私は台所で夕食の後片付けをしていた。お風呂の「ピー」というお知らせ音がなった。私はいつも通りにバスタオルを手に持ち、和室にいる彰悟に「しょうちゃん、お風呂入ろうか？」と声をかけに行った。ところが、和室にいない。あれっ、トイレかな？　そう思ってトイレに行くが、そこにもいない。そのとき、トイレの隣にある浴室で気配を感じた。

えーーーっ！　なんと、一人でお風呂に入っていた！

「しょうちゃん、お風呂入っとったん！」

湯船に体育座りで浸かり、私のほうをニコニコ見ている。

『ぼく一人でお風呂に入ったよ』と言っているような笑顔だ。

「しょうちゃん、すごいね！」

これまで一人で先にお風呂に入ったことは、ない。お風呂のお湯がたまった音を聞いて、入っていた。実は何でもわかってるんだ。本当は一人で何でもできるんだ。私が、何でも手を貸してあげないと、と思っているだけなんだ。妻がいない日だから『おとうさん、ぼくは自分でできるよ』と教えてくれたんだ。

「しょうちゃん、すごいね！」お風呂でも、ずっと声をかけた。

「しょうちゃん、すごいね！」寝るまで何度も声をかけた。
これまでにない彰悟の成長を感じた超ハッピーな一日だった。

歓喜の舞

ひさしぶりに彰悟をキャラクターショーに連れていったのは十八歳の秋。小さい頃に何度か連れていったことがあったが、あまり楽しそうではなかった。人混みが苦手なようで、むしろ早く帰りたがっていた。それから十年近く経って行くことにしたのは、ある「氣」の研究者からアドバイスをもらったからだ。どうすれば彰悟に楽しんでもらえるかと質問したところ、遠隔で彰悟をみて先生は言った。

「くだけた雰囲気のところ、たとえばアニメのキャラクターが集まっているようなところに連れていってほしいようですよ」

その後、大好きなテレビ番組に出てくる「ワンワン」のショーが近くであるのをたまたま知った。彰悟は喜んでくれるだろうか?と思いながら行ってみた。

舞台にワンワンが登場し、歌やダンスが始まると、彰悟は、はち切れんばかりの笑顔になった。観客席で、まるでトランポリンで弾んでいるように飛び跳ねている。歓喜の舞を舞っているようだ。三十分のショーのあいだずーっとハイテンションだった。こんなに喜んでいる彰悟はこれまでに見たことがない。一緒にいる私までうれしくてうれしくて幸せな気持ちになった。

彰悟は自分からどこかに「連れてって」とは言えないが、喜ぶ姿を見ると「また行こうね」という気持ちにさせられる。小さい頃に遊べなかった分を今から取り戻そう。「彰悟の人生のお楽しみはこれからだ」と思った。それからは、ワンワンショーや「おかあさんといっしょ」のコンサートをネットでもれなく検索し、年間十回程度はショーに行くようになった。遠方へもショーをメインイベントにした家族旅行を計画するようになる。

走らない運動会

二〇一四年九月の最終土曜日は、十二年間通っていた特別支援学校最後の運動会だった。青く澄んだ空の下、彰悟らしさが全開した。

思い出すのは十一年前の初めての運動会。小学部一年生の彰悟の身長は一メートルちょっと、四歳児ぐらいの小ささだった。遠くから見ているだけでもかわいい。「しょうちゃ～ん」ついつい声かけしたくなる。彰悟が出場するかけっこの順番がきた。呼吸器の障がいもあって、ふだん走ることはほとんどない。走れるだろうか?と期待と不安でスタートを待った。運動場中央に直線のかけっこコースがある。ゴールには、アンパンマンやドラえもんのキャラクターの絵が描かれた看板が待っている。

「よーい、どん!」スタートの合図で、子どもたちが一斉に走り出す。なんと、彰悟もほかの子と同じようにゴールへ向かって勢いよく走っていく。家族みんなびっくり!短い距離だが、彰悟が全力で走るのを初めて見た。

「しょうちゃ～ん、がんばって～!」声援にも力が入った。

お昼休みも運動会が終わっても、「しょうちゃん、すごいね～! 走れるんだ～!」

「しょうちゃん、がんばったね～」と何度も何度も言った。

それからは無意識のうちに彰悟が運動会でがんばって走ることを期待していた。ところが、翌年の運動会では、まったく走らず、ゆっくり歩く。「しょうちゃん、がんばって～！」と言っても無反応だった。ちょっと残念。その翌年の運動会も彰悟はゆっくりと歩く。それ以降もまったく走らなかった。

はじめのうちは走るのを期待して応援していたが、次第に、私の意識が変わっていく。がんばらなくていいよ。走っても走らなくてもいいよ。そんなことで彰悟への想いは変わらない。彰悟は自分らしく生きていけばいいんだ。

最後の運動会。リレーに出場した彰悟は、バトンを受けとるとゆっくりと歩きだした。追い抜かれようが関係ない。トラック半周、最後まで同じペースで歩きとおした。

彰悟は私にこう言っているようだ。

『かけっこは、みんな走ってる。

走るのが楽しいお友だちもいるし、
一番になるのがうれしいお友だちもいるし、
おとうさんやおかあさん、先生が喜ぶとうれしいお友だちもいる。

ぼくは、走るよりもゆっくり歩くのが好き。
だから歩くんだ』

おもしろかったのは、開会式と閉会式での、ちょっとめずらしい彰悟。みんながきちんと整列しているなかで、彰悟は前に立っている女の子が好きなのか、後ろから手をつなごうとしていた。その子はまじめな顔で、つなごうとする彰悟の手を振りほどく。「しょうちゃん、今は手をつながないの」と態度で教えているようだ。でも、彰悟はニコニコ笑顔で何度も手をつなごうとチャレンジする。最後は潔くよくあきらめるが、こういう彰悟の姿もとってもかわいい。どんなときも、彰悟の自分らしい生き方に頼もしさを感じる。

存在そのものが愛

特別支援学校高等部の卒業式は心に残る一日になった。

外は冷たい風が吹いていた。卒業式がおこなわれる体育館の中はひんやりとしている。私と妻は保護者席に座り、卒業生の入場を待っていた。先生に先導されて卒業生が入場してきた。彰悟はいつも通りにゆっくりと歩き、堂々と卒業証書を受け取った。

無事に十二年間の学校生活を過ごすことができた。たくさんの先生やお友だち、運動会や学習発表会の思い出……。胸に熱いものが込みあげ、涙があふれてきた。

式を終えて教室に戻る。先生からお話があり、生徒一人一人に記念品の授与や写真撮影があるが、彰悟はやはりマイペース。記念品は淡々と受け取り、カメラを向けられても、ほかの子たちと違ってピースサインもなく、カメラも見ない。教室での時間を終え、みんな校庭に出ていく。いよいよお別れのときがきた。あとは家族で記念写真を撮って終わりだと思っていた。

ところが、「しょうちゃん」「しょうちゃん」と、同級生のお友だち何人もが彰悟に声をかけてきた。

「しょうちゃん、一緒に写真撮ろう」

特別支援学校は何らかの障がいのある子が通っているが、彰悟と比べると、ほとんど普通の子と変わらないように見える子も多い。同級生だが、お姉ちゃんやお兄ちゃんのように見える。彰悟は声をかけられても喜ぶ様子はなく、特に反応もしない。両手に記念品が入った紙袋を持ち、紺色ブレザーの制服の上に厚手の黒いコートをしっかり着てたたずんでいる。その彰悟を中心に、お友だちみんなが集まり記念写真を撮った。

みんなから愛されているんだ……。何も言わなくても何もしなくても、いるだけでみんなを癒している彰悟。彰悟は存在そのものが愛なんだ。うれしくてまた涙があふれてきた。最後の通知表の先生のコメント欄にも「クラスのみんなからも愛されていました」と書かれていた。

思えば、これまでにも「さようなら」と言われて、彰悟が手を振ってあいさつを返すと、「手を振ってくれた！　ありがとう」と喜ばれた。逆に彰悟がまったく無反応でも「今日はあいさつしないんだね～」と、挨拶しても、しなくても、まわりはみんな笑顔でうれしそうにしていた。

校庭でお友だちの一人が彰悟のことを「最強だね」と言っていた。彰悟はいつも自分そのものでいる。人に認められたい、ほめられたいという欲求はない。まわりがどうあろうと、うれしいときはうれしい。イヤなときはイヤ。誰にも左右されない。その純粋さは最強だ。

彰悟に愛を感じているのは、私だけではなかった。学校生活最後の一日は、あらためて彰悟の素晴らしさを感じる一日となった。

卒業後の進路が決まるときも、彰悟の存在のすごさを感じた。

高等部を卒業すると、新たに障がい者支援施設に通うことになるので、高等部に進学したときから、どの施設に行くか検討を始める。候補となる施設はいくつかあったが、どこも自宅から距離があり、ずっと迷っていた。ところが、彰悟が高等部三年生になると、自宅から徒歩で通える距離に新しい障がい者支援施設ができ、すんなりと決まった。

彰悟は特別何かをしたわけではないが、彰悟といるとなぜか物事がうまくいく。彰悟の進路もそうだし、私が会社員を辞めて今の仕事をしているのも、今の場所の家に住んでいるのも、すべて彰悟がいたからだ。途中いろいろ悩んだり迷ったりしたこともあるが、私の人生観も生き方も彰悟がいてくれたおかげで、すべて良き方向に変わった。彰悟は存在しているだけで、すべてうまくいくんだ。その想いがますます強くなっていった。

感激のアピール

特別支援学校を卒業して八か月が経ち、彰悟は十九歳。通所している障がい者支援施設から帰り、夕方になってお気に入りのテレビ番組が始まるとおやつタイムになる。台所のおやつ置き場から、自分で好きなおやつとお皿をリビングのテーブルに持っていく。彰悟のお楽しみタイムだ。

この日のおやつはアソートチョコ。一番好きなおやつだ。いつもなら自分でビニールのパッケージを開け、箱の中のチョコをお皿に入れる。ところが、この日はパッケージを開けるのに手こずり、なかなか開けられない。

自分で開けるのが難しいときの彰悟の対応は二つ。

一つ目は「あきらめる」。自分でがんばって無理なら仕方ない。声が出せず、人に助けを求めることが難しい彰悟が自然と身につけた対応のように思う。

二つ目は「待つ」。誰かが気づいてくれるまで気を長～くして待っている。気づいてもらったら、ありがたいこと。気づいてもらえなかったら仕方のないこと。そういう雰囲気が伝わってくる。「あきらめる」と「待つ」はつながっているので、実質的に彰悟の対応は一つ。ちょっと見方を変えると悟っているようにも見えてくる。

ところが、この日は違った。私と彰悟が二人でリビングにいて、私は別のテーブルで事務仕事をしていた。いつもなら彰悟の様子に気づいて「しょうちゃん、お父さんが開けようか」と声をかける。だが、このとき、私は仕事に意識が集中していて彰悟の様子に気づいていなかった。すると、突然背中をポンポンと軽くたたかれる。

「あっ、しょうちゃん。どうしたん？」

彰悟に目をやると、パッケージが開かないお菓子を持っている。ここで初めて私は彰悟が困っていることに気づいた。これまで彰悟がこういう状況で自分から人に働きかけるのは見たことがなかったので、びっくりした。

しょうちゃん、自分からアピールするんだ！

「あきらめる」や「待つ」の悟りの彰悟も素晴らしい。でも、自分でアピールするようになった彰悟に大感激！　目に見える世界でも成長していく姿にうれしさと大きな喜びを感じた。

文字の読めない息子への手紙

二〇一七年一月、彰悟が成人式を迎えた。スーツを着る機会はこの先ほぼないと思いながらも、成人式用にスーツを仕立てた。小さいスーツでかわいくもあるが、彰悟のスーツ姿はいつもと違い凛々しい。

普通成人式は一回だけだが、彰悟の場合は三回もあった。一回目は福岡市の成人式、二回目は、通所している障がい者支援施設での成人式、三回目は、卒業した特別支援学校での成人を祝う会。

障がい者支援施設での成人式には私は参加していないが、ここでは、親からの手紙を渡すセレモニーがあった。彰悟は言葉をほとんど理解できないし、文字を読むこともできない。でも、私の人生を変えてくれた息子へ、二十年間の感謝の想いを込めて、初めて手紙を書いた。

彰悟へ

二十歳、成人おめでとう。

この二十年間、彰悟のおかげでたくさんのことを学び、親としていろんな経験をさせてもらいました。本当にありがとう。

赤ちゃんの頃から何度も手術を受け、苦しい闘病生活を送り、声が出せず思い通りにならないこともたくさんあったと思うけど、それを受け容れ、耐えている姿は、ただただ尊敬するのみです。

できないことではなく、今、自分にできることに意識を向け、楽しんで生きている姿も、素晴らしいと思います。

そして、彰悟といるといつも優しい気持ちになれます。彰悟がいるだけで、お父さんや家族みんな、まわりの人たちの「愛」を引き出してくれます。

お父さんが、こうして幸せでいられるのは彰悟のおかげです。ありがとう。

これからもよろしくお願いします。

二〇一七年一月十一日

お父さんより

職員の方が読みあげた手紙を、彰悟はしっかりと受け取ったそうだ。

父の葬儀にて

翌年二〇一八年八月、父が亡くなった。

子どもの頃、父にはよく遊んでもらった。父は大の野球好きだったが、私とキャッチボールをしたとき、私が興味ないとわかると、すぐに私の好きな遊びに切り替えてくれた。私の考えや行動を父に否定されたことはほとんどない。彰悟がダウン症とわかり父に伝えたときも、不安を掻き立てるようなことは何も言わなかった。

生前、父に聞いたことがある。

「俺にあれしろとか、あれダメとか言わんかったよね。どうして？」

「伸一の人生だし、人からどう言われようが、自分で納得せんとね」

その父の葬儀でのことだ。

お焼香が始まり、母のあとに私の順番が来た。

「しょうちゃん、こっちよ」彰悟と一緒に焼香台へ行こうと声をかけた。

彰悟も立ち上がり、私と一緒に進み出す。お葬式は厳粛な場なので、きちんとしてもらおうと彰悟の背中に手を添え誘導した。すると、彰悟は私の手を払いのけた。

あっ、抵抗が始まった。

そう思ったが、今は葬儀中だ。家族葬とはいえ、二十人以上の親族も見ている。

「しょうちゃん、ちゃんとしようね」と手を取り誘導する。するとさらに抵抗が激しくなった。

「しょうちゃん、こっちよ」強引に引っぱると、私のあせりに比例して抵抗はますます激しくなる。彰悟は怒った表情になり、ついに逆戻りして席に座ってしまった。

困った子だなぁ～。

でも私もやるだけのことはやった。見ているみんなもわかってくれるだろう、という気持ちもあったので、彰悟のお焼香はあきらめた。

それから数日して、ふと七年前に家族でお葬式に参列したときのことを思い出した。

彰悟はまわりの様子をじ～っと観察していて、私のあとを順番通りに進み、教えてもいないのにお焼香していた。

そうか！　謎が解けた！

『ぼくは自分でお焼香できるよ。おとうさん、ぼくを信頼してよ。なんでぼくを信じてくれないの！』彰悟はそう言っていたんだ！

七年前は十五歳。当時は「お焼香してもしなくても好きなようにしていいよ」という気持ちだった。今回は私の父の葬儀だし、彰悟も二十二歳だ。見た目も多少は大人になった。彰悟の気持ちよりも、信頼することよりも、「人からどう思われるか」ということに私の意識が向かっていた。彰悟との人生で、彰悟を心から尊敬し、信頼していると思っていたが、この出来事を通じて私の彰悟に対する想いの浅さに気づいた。同時に、もっと彰悟の気持ちに寄り添おう、もっと彰悟を信頼しよう、と思った。何年経っても私の未熟さに気づかせてくれる彰悟に心から感謝している。

3. 心の声をきく

言葉がなくても思いが伝わる世界へ

「もし、何でも願いごとが叶うんなら、どんなことができたらいい？」

「しょうちゃんと話ができるようになったらいいな」

彰悟との関わりが大きく変わることになったのは、妻とのやりとりがきっかけだった。二〇一一年のことである。


独立してから、私は福島正伸先生の講演会や講座に頻繁に参加するようになっていた。福島先生は、自立型人材の育成や組織・地域活性化の専門家で、多くの企業経営者から「メンター」として慕われている。私が人材育成の仕事をしていくうえでも、人生を生きていくうえでも、福島先生から大きな影響を受けた。娘に見せた動画『強い子』も福島先生が作ったものだ。

福島先生が始めた「ドリームプラン・プレゼンテーション（通称ドリプラ）」というイベントがある。いわば夢の計画の発表会で、二〇〇七年に東京で始まって以来、年々規模が拡大していった。全国各地で開催されるようになり、二〇一一年十一月、福岡で初めて開催されることになった。

実行委員長の瀬尾さんは福岡で福島先生の講演会や講座を主催している方だ。これまでの恩返しが何かできないかと思い、四月におこなわれたドリプラ福岡の説明会に参加した。そこで瀬尾さんのこの大会にかける熱い思いをひしひしと感じ、説明会が終わるときには、ドリプラ福岡大会のプレゼンターになろうと決意していた。

私のドリームプラン、夢の計画って何だろう？　そもそも私の夢って何だろう？　テーマが決まらず時間だけが過ぎていく。ふと、妻の夢は何だろうと聞いてみたのが、冒頭の会話だ。

彰悟と話ができるようになりたいという妻の夢は、彰悟への愛のそのものだった。これまで六回、気管の手術を受けてきたが、声を出すことはできなかった。どんな夢でも叶うなら、彰悟の声が聞きたい。話がしたい。私も同じ気持ちだった。現実的に彰悟と話をするのは無理でも、私に何かできることはないだろうか？

それからしばらくして、『天才！　志村どうぶつ園』というテレビ番組で、動物と話をしているハイジという女性を見た。

そうだ！　動物と話ができる人がいるなら、彰悟とだって話ができるはずだ！

私が彰悟の気持ちを理解できる人になればいいんだ！

妻の夢を聞いたことがきっかけで、私に新たな夢ができた。考えてみると、彰悟が何を考えているのかは、わからないものとあきらめていた。表情や態度で「うれしそう」「つらそう」という気持ちは感じるものの、それ以上はわかろうとしていなかった。彰悟の気持ちがわかる人になれば、言葉がなくても思いが伝われば、世界が変わるかもしれない。

ドリプラのプレゼンテーマが決まった。

『言葉がなくても思いが伝わる世界へ』

七月、エントリーシートの審査で無事合格。正式にドリプラ福岡のプレゼンターになることが決まった。彰悟は十五歳になっている。言葉を交わすことはできなくても、心で通じ合えるようになろうと思った。でも、どうしたらそうなれるかはわからない。

私が彰悟と一番ゆっくり向き合えるのは、一緒にお風呂に入っているときだ。いつものように先に上がって、彰悟が上がるのを待っていた。浴槽の中の彰悟と同じ目線になるようにしゃがんでいて、ふと、彰悟が何を思っているのか感じてみようと思った。目を閉じ、意識を澄ませて……それで何か感じたわけではないが、これを毎日続けようと思った。

数日後。いつものように、彰悟のお風呂上がりをそばで待っていた。目を閉じ、意識を澄ませて、ゆっくりと呼吸して……。

『お風呂遊び楽しいな。でも、おとうさんが待ってるんで、そろそろ上がろうかな』

彰悟の思いが、ふっと聞こえてきたような気がした。彰悟が上がるのならと私も立ち上がり、目を開けた。同時に彰悟も立ち上がっていた。

「えーーーっ！」

彰悟が本当にそう思っていたのかも！　いや、そうに違いない！

驚きとうれしさで胸がいっぱいになった。彰悟の気持ちがほんの少しかもしれないが、わかったような気がした。それからもたびたび彰悟の思いが伝わってくるようになった。

『幸せ家族プロジェクト～相手に寄り添う気持ちから～』

八月、ドリプラ福岡の支援会が始まる。二週間ごとにプレゼンターやスタッフが集まり、プレゼンしたり、応援メッセージを送ったりして、お互いを支援し合う会だ。

私のプレゼンは『言葉がなくても思いが伝わる世界へ』

どうしたら実現するのか?

相手の気持ちが理解できるようになるには、次の三つだと思った。

・心が澄んでいること。私利私欲がないこと。
・自分の無限の可能性を信じていること。
・心を磨き、人間性を高めること。

少しでもそういう人に近づいていこうと思った。

十月、ドリプラ福岡大会が翌月に近づき、何をどのようにプレゼンをするのか大詰めの段階に入ってきた。私が十分間のプレゼンで伝えるのは次のようなことだ。

・息子が生まれて生後二か月で声を失ったこと。

・息子の気持ちをわかりたい、わかろうと思うようになったこと。

・言葉がない相手を理解するには、心が澄んでいること。心が磨かれていること。相手に対する敬意があること。

・私自身がそういう人をめざし、その大切さを伝えたいこと。

・すべての人がお互いを思いやる世界、幸せな世界を実現したいこと。

少しずつ形になっていく。

妻の夢を聞いて、私の夢にもなった「言葉のない彰悟との会話」。そして、お風呂で心を澄ませて彰悟の気持ちを感じようとした。

しかし、十一月に入っても、プレゼンとしてうまく伝えられる内容にまとまらない。本番四日前になって、ついにプレゼン内容を見直す。

新しいタイトルは『幸せ家族プロジェクト～相手に寄り添う気持ちから～』。

彰悟の存在を軸にして、私の人生と価値観の変化を物語として伝えることにした。

本番の前日から完徹、四十六時間一睡もしなかった。お風呂やシャワーの余裕すらなく、最後の二十四時間で食べたのは、おにぎり一個。当日朝、会場の都久志《つくし》会館に到着してからもプレゼンムービーを作り続けた。完成したのは私のプレゼンの一時間前、ギリギリだった。

ステージに立ち、プレゼンが始まる。発表する自分の言葉に、彰悟が生れてからの想いが重なる。彰悟、美有、そして妻を想うと、目に涙があふれてきた。

拍手に包まれて無事発表を終えた。眠気も空腹感も一切なく、過去最高にハイな状態だった。三百名近い観客全員による投票の結果、『感動大賞』に選ばれた。ここまで支えてくれたドリプラ福岡の仲間や家族、応援してくれた方にも感謝の気持ちでいっぱいだ。もう二度と感じることができないと思うぐらいの充実感、達成感を味わって、ドリプラ福岡大会が終わった。

翌月にはドリプラ創始者、福島正伸先生にも私のプレゼンを見ていただき大絶賛された。福島先生にも言われて、一人でも多くの人に、このプレゼンと想いを伝えていこうと思った。その後、私の研修やセミナーでもドリプラの十分間の映像を観てもらいながら、プレゼンするようになった。

無意識とのつながり

ドリプラの翌年二〇一二年九月頃から、毎朝起きたときに見た夢をほぼ覚えているようになった。誰もが毎日夢を見ているという。「夢を見た」「夢を見ていない」というのは、朝起きたときに「夢を覚えているか」「夢を忘れているか」の違いらしい。夢は無意識に見るものなので、夢を覚えているというのは無意識とのつながりが強くなっているということなのかもしれない。

東日本大震災、原発事故以来、私は環境問題を真剣に勉強するようになった。それがきっかけで自分自身の生活を見直し、肉や魚を食べるのをやめてベジタリアンになった。生ゴミで堆肥を作って野菜作りを始めたり、断食もするようになった。毎日瞑想や呼吸法に取り組み、祝詞や般若心経、マントラを唱えるのが習慣になった。夢を覚えているようになったのは、それらの取り組みの影響かもしれない。なんとなく「彰悟の気持ちもわかるようになるのではないか」という期待がふくらんできた。

ドリプラから二年が経った頃、「氣」のセミナーに参加したことから、彰悟との関わりがまた大きく変わりはじめる。

「氣」は目に見えないエネルギーで、私の関心のある分野のひとつ。たまたま知り合いがそのセミナーを主催したので参加した。実は、彰悟とキャラクターショーに行くことになったアドバイスをくださったのが、このときの先生である。セミナーの内容は期待以上で、その後、氣のK先生の個人セッションを受ける。セッションでは「潜在意識の開放度」を見てもらう。「潜在意識の開放度」とは本来の自分をどの程度生きているかの指標のようなものだ。開放度は、ほとんどの人が五〜一〇%ぐらいで、社会で存分に活躍している人や自分らしく幸せに生きている人は、開放度が高いらしい。彰悟の潜在意識の開放度も気になり、遠隔で見てもらうことにした。すると開放度は「六〇%」と言われた。こんなに高い人は珍しいようだ。

「どういう育て方をされたんですか?」K先生も驚いて私に尋ねた。

「いや〜、別に……。息子はダウン症で知的障がいがあって、声も出せず、言葉もほとんどわからないので……」

私たちは育っていく過程で、親や周囲の人の期待や言葉によって「こうあるべき」「こうしなければならない」と無意識のうちに思ってしまう。それ自体は、社会生活を送るうえで必要なことではある。ただ「こうあるべき」「こうしなければならない」が強すぎると、それが無意識に自分をしばりつけ、本来の自分の人生を生きられなくなる。

彰悟の場合は知的障がいがあり、声も出せず、人とのコミュニケーションが取りづらく、外からの期待や言葉も入りづらい。そのため自分の内側と深くつながりやすいのかもしれない。

気になっていたことをK先生に尋ねた。

「どうしたら息子の気持ちがわかるようになるんでしょうか?」

お風呂のときの取り組みは自分なりに続けてきたが、それでよいのかよくわからなかった。K先生は、私にそのトレーニング法を教えてくれた。

・目を閉じて、呼吸を整える。

・自分の額に第三の目があるのをイメージする。

・そこから彰悟の額に向けて青い線を結ぶ。
・自分の思考を働かせず脳をリラックスした状態にし、彰悟の考えが青い線を伝わって流れてくるようイメージする。
そばにいる必要はないということなので、彰悟がまだ寝ている時間に毎朝このトレーニングをやるようになった。毎日続けていくと、次第に彰悟はこう言っているんじゃないか、という言葉が浮かぶようになってきた。

『おとうさん、ぼくまだ寝てるよ』

『今日は何聞きたいの?』

『おとうさん、毎日がんばるね』

彰悟が本当にそう言っているかどうかは確かめようがないが、だんだんと心の中で対話するようになっていった。

アニマルコミュニケーション

それからさらに五年、また大きな意味を持つ出会いがあった。彰悟は二十二歳になっていた。

あるセミナーに参加して、隣の席に座っていた女性と名刺交換をした。名刺を見た瞬間、目を丸くして驚いた。肩書きに「アニマルコミュニケーター」とある。ハワイ在住で名前はＳｈｉｏｒｉさん。動物と話ができるのはもちろん、動物と話ができるように教える仕事をしている。以前テレビで知ったハイジと同じようなことができる人が、まさかほかにもいるとは思ってもいなかった。私は興味津々に尋ねた。

「本当に動物と話ができるんですか？」

「ええ、できますよ」笑顔で答えるＳｈｉｏｒｉさん。

「私もアニマルコミュニケーションを学べば、動物と話ができるようになるんですか？」

「はい、誰でも話ができるようになりますよ」

動物と話ができるのなら彰悟とも話ができるはずだ。ハイジのことを知ったときにそう思った。だがＳｈｉｏｒｉさんは、アニマルコミュニケーションは動物と話をする手段で、人間とのコミュニケーション手段で使うのはＮＧだと言う。人間はそもそも言葉でコミュニケーションが取れるし、アニマルコミュニケーションを使うよりも、相手としっかり向き合うことのほうが大切だ。アニマルコミュニケーションで相手の本心とつながったとしても、人間の場合は、心と脳の言葉には乖離《かいり》があり、不要なトラブルを招く怖れもある。

しかし、彰悟とは言葉でのコミュニケーションが取れないし、親子でもある。アニマルコミュニケーションを学ぶことによって、結果として、これまで私がやってきた彰悟との心の対話が確実なものになっていくだろうと言われた。

すぐにアニマルコミュニケーションの講座の受講を決め、二日間の初級ワークショップを受講した。アニマルコミュニケーションは、本来誰にでも備わっている直観力を磨き、テレパシーを使うコミュニケーションだ。そこで、テレパシー能力を高める方法をいろいろと紹介された。これは直観力を向上する方法ともいえる。その多くをすでに私自身も実践していた。

・物質的な断捨離をする。

・自分の感情と向き合う→受け止める→解放する。
・ハート（心）で決断する。
・自分の気持ちに素直にしたがう。イヤなときはイヤと断る。
・感謝の言葉を発する。すべての存在に感謝の念を抱く。
・ワクワクすることを行動に移す。
・常に自分に問いかける、自分の中に答えを求める。他人に意見を求めない。
・自然の美しさに目を向ける、自然の中に身を投じる、など。

考えてみると彰悟も、この多くをやっている。

初級ワークショップでは、ペアを組み、相手のイメージを受け取る練習をするが、予想以上に当たっていて自信になった。

その後、オンラインの中級編を受講した。中級編は実践編で、七頭の動物とつながってコミュニケーションをとっていく。実際に動物と話をするときは、とてもシンプルな手順にしたがってコミュニケーションをおこなう。

1. グラウンディング…心を静め、コミュニケーションに集中できる状態を作る。
2. 深呼吸…自分の中の雑念やエネルギーのざわつきを吐き出す。

3．つながる相手を特定する…「私は今から○○ちゃん（ペットの名前）と話します」
4．アファメーション…「私は強くてたくましい人間です。私は○○ちゃんの心の中の声を、はっきりとスラスラ聞くことができました」
5．動物と話す。
6．セパレーション…動物にお礼を言って、動物との繋がりを切り離す。

中級編では、他の受講生のペットとテレパシーで会話し、あとで、その内容を飼い主さんと答え合わせをしていく。これまで彰悟の気持ちを感じようと取り組んでいたこともあり、動物と話をしようとすると、ふっと動物からメッセージが届く。質問すると、しっかりと答えてくれる。答え合わせをすると、びっくりするほど当たっていた。好きな食べ物や遊び、お散歩コースから見える景色、動物が思っていることまで。一番驚いたのは、動物から「いま、飼い主さんがミニトマトとニンジンを焼いて食事の用意をしてくれている」とメッセージをもらったこと。飼い主さんと答え合わせをすると、実際、その時間に飼い主さんがミニトマトとニンジンを油で揚げて食事の準備をしていた。

彰悟との心の対話も私の想像ではなく、本当に彰悟の言葉として一〇〇％確信が持てるようになっていく。Ｓｈｉｏｒｉさんの勧めもあり、二〇一九年五月からは毎日数分の時間を取り、彰悟と心の対話をおこない、その内容を記録するようになった。

4. ニューアート

心のままにえがく

「うわぁー！　すごいねっ！」

彰悟が特別支援学校小学部に通っていた十歳頃のこと、学校から持ち帰ってきた書道の作品を見て、思わず叫んだ。

半紙に文字は書かれていない。そもそも彰悟は文字を書けない。だが、半紙に書かれた一つひとつの線には、あふれんばかりの筆の勢いが感じられた。筆運びの思いっきりの良さが伝わってきた。私が知っている書道とは違うが、直線や曲線のうねり、墨のかすれ、墨を使った芸術作品だ。この作品を見るだけで、彰悟が書道を楽しんでいる姿が目に浮かんできた。

だが、中学部に上がったら書道の時間がなくなった。彰悟が楽しみながら自分を表現していた書道をさせてあげたい。そう思いながら一年が過ぎ、中学部二年生になったとき、市報で、近くの障がい者支援施設で書道教室が開かれていることを知った。

おっ、しょうちゃんを連れていこう！　きっと喜ぶぞ！

いざ、書道教室へ。自宅から車で十分弱の施設に向かう。彰悟が書道をする姿は、初めて見る。どんなふうに書くのだろう。期待に胸がふくらむ。

教室には大きな四人掛けのテーブルが四つあり、十名近くの生徒がいた。私と彰悟は入り口近くのテーブルに並んで座る。先生が朱筆で書いたお手本を配る。彰悟にもお手本が渡された。

いよいよ書きはじめる。筆を握り、墨をつけ、半紙に筆を下ろす。

「おお〜」

力強い横線だ。数本線を引いていく。初めて見る彰悟の書の姿に感嘆する。表情は真剣そのもの。お手本とはまったく無関係にどんどんと書いていく。墨のかすれっぷりもなかなかのものだ。お手本の半紙にも、朱色の文字におかまいなしに線を書いていくのにはちょっと驚いたが、それが彰悟だ。先生も一瞬驚いたようだが、すぐに理解のある表情になった。一時間たっぷり筆を動かし、独創的な書道の作品ができあがっていった。

すごい！　なんだかわからないけど、芸術作品に見える！

何よりも、彰悟が楽しそうだ。来てよかった！

彰悟にできるかぎり楽しい体験をさせてあげたい。その想いがまた一つ実現できた喜びと幸せを感じた。

美有の反応は、また違った。「しょうちゃん、書道教室に通うことにしたよ」と伝えると、「えっ、かわいそう」と言った。

美有にとって書道はつらいことなんだ。美有を書道教室に通わせたことはない。学校の書道の時間が美有にとっては苦痛だったんだ。本来、書道や芸事、習い事は、基本の型を覚えるためにお手本を忠実にまねることから始める。楽しいものではない。でも彰悟の場合は、それを超えた世界で自由に書道を楽しんでいる。そういう状況になるように生まれてきたのだろう。


回を重ねて慣れてくると、彰悟はさらに本領発揮。二本の筆を両手に持ち、ドンドンドン、バシバシバシッと、太鼓を叩くように描きなぐっていく。先生は優しく見守っている。彰悟の筆遣いの自由度は加速する。満面の笑みだ。私もうれしくなってニッコリ笑顔になる。

施設のほうで、彰悟が自由に墨を飛び散らせることができるように、彰悟専用の部屋を用意してくれた。床には新聞紙を敷き詰めた。書道の先生も彰悟の特性を活かし楽しみながら書ができるよう、鳥の羽根筆や竹筆など、最大限に考えて用意してくださっている。

ありがたい。と同時に、この状況は彰悟が創りだしたのではないかとも思う。一見、まわりの人たちが彰悟のよさを引き出し、楽しませているように見える。でも実は、そうしたくなるような気持ちを彰悟がみんなから引き出しているような気がする。

数年後には、彰悟は同じ施設の絵画教室にも通うようになった。最初のうちは、自宅にいるときと同じようにクレヨンでぐるぐる円を描いて、それなりに楽しんでいた。次第に絵の具や貼り紙など、使う素材が増えてきた。ここでも慣れてくると、筆を宙に振りまわし、絵の具を飛び散らせながら、超ニコニコ笑顔になっていく。ときに、真剣な表情にもなる。その独創的な作風で、職員の方たちから「画伯」と呼ばれるようになった。

絵画教室は月二回、書道教室は月一回、合わせて月三回教室に通うことが、彰悟と私の日曜日のルーティンになった。

賞状はいらない

彰悟が十九歳になったとき、書道作品で初めて賞をもらった。地域のふれあい文化祭の公民館館長賞だ。私はその知らせに驚きながら、「しょうちゃん、やったね〜！」と喜ぶが、彰悟は特に喜ぶわけでもない。というか、よくわかっていないようだ。

表彰式当日。会場の小学校の体育館へ彰悟と一緒に出かけた。他の受賞者とともにステージに上がるように案内されるが、彰悟は気が乗らないようで、イヤイヤと手を左右に振る。私も一緒にステージに上がろうとするが、上がってもらえない。ときどきあることだし、仕方ない。私は彰悟と一緒にステージ下の最前列の空いてる椅子に座った。ステージ上で全員の表彰式が終わると、ありがたいことに授与する方がステージから降りてきて、賞状を持ってきてくださった。
「しょうちゃん、賞状もらおうか」と言ってみたものの、イラナイ、イラナイと手を左右に振り、受け取りを拒否する。せっかくなので、私が代わりに受け取り、彰悟に渡す。彰悟は賞状を受け取った。と思った瞬間、手を放す。賞状がひらり、ひらりと床にゆっくりと舞い落ちていった。

表彰を受けたり、誰かに認めてもらったりすることは、とてもありがたいことだ。でも、彰悟は違う。彰悟が書道や絵画をやっているのは、ただ純粋に筆を動かすことが楽しいからだ。そして自分を表現する。それ以上でもなく、それ以下でもない。私は人から認めてもらうことに喜びを感じるが、それが強くなりすぎると、自分のやっている行動そのものよりも、人から認められることが行動の動機に代わってしまう。彰悟は私に「人からの評価にとらわれず、自分の価値観をしっかり持って、自分らしく生きることも大事だよ」と教えてくれているようだ。

その後、紙粘土を使った半立体の作品で、福岡市障がい児・者美術展（福岡コアサイドアート美術展）のコアサイドアート賞を受賞した。このときは、すんなりと賞状を受け取った。私があまり人からの評価にとらわれずに自分の価値観を持てるようになってきたので、拒否する理由がなくなったのかもしれない。

ニューアート

彰悟の書道や絵画は、それまで私が考えていたものとまったく異なる。私だったら上手に描こうという意識が働く。彰悟のように感性で筆を自由に振り回すことは難しい。彰悟は何ものにもとらわれず、思いのまま自由に筆を動かす。「こういう作品を創ろう」という意図は感じられない。純粋に自分の内面から湧いてくる思い、心と体にゆだねるように作品を描いている。

彰悟には作品を描くという意識すらないかもしれない。ただ遊んでいるだけのようにも見える。人からの評価も関係なく、今この瞬間を純粋に楽しんでいる。それが彰悟の生き方であり、アートなのだろう。

彰悟が二十三歳の夏、施設の職員の方から個展の開催を勧められた。無料で展示させてもらえるカフェギャラリーがあるという。「香椎《かしい》参道Ｎａｎの木」という自然派の素敵なカフェだ。自宅からも近い。お店に挨拶に行き、彰悟の作品を見てもらうと、すぐに展示を快諾してもらった。新型コロナウイルスの影響で開催が延期になり、最終的に二〇二一年六月、彰悟が二十五歳の誕生日を迎える月に初の個展を開催することになった。

個展のことは、地元の新聞・テレビでずいぶん取り上げられ、多くの人に彰悟の作品を見ていただくことができた。絵はがきやTシャツ、作品販売の依頼もあった。来場者からはうれしい感想をたくさんいただいた。

「カラフルで楽しい作品や、力強い書道の作品、どれも素敵でした」

「彰悟くんの絵は素直で、あたたかくて、心の中でホッとするようなひとときを過ごしました」

「物の姿を描くということではなく、筆の振り方・使い方で、ものすごく強さだったり優しさ、あたたかさを感じました。色使いもほんとうに素晴らしく感動しました」

「想像していた以上の世界観、あざやかさに心がほっこりしました」

展示する作品にはそれぞれタイトルがついている。書道教室や絵画教室から作品展に出展してもらうときはタイトルをつける必要がある。初めて書でコアサイドアート賞を受賞した作品は「融和」。大きな紙にたくさんの円が描かれているもので、彰悟が描き終わった瞬間に書道の先生が名づけた。今の世の中に求められる人と人の融和をたくさんの円で表現しているように見える。

彰悟の作品を見ていると、何かの動物や植物、風景に見えることがある。タイトルをつけるように依頼され、あらためて彰悟の作品を感じてみる。ふっとタイトルが頭に浮かぶ。

『森の妖精』『深海』『歌って踊って風になれ』『踊る音符』『わびさび』『スプラッシュ』『白いちご畑』『レッドダイヤの原石』『6月の雨』『夏・爽快』『火花』『月』など。

私がつけたタイトルを見て、「なるほど」と思う人もいるし、「私だったらこういうタイトルをつける」という人もいる。彰悟の作品は意図して描いているものではないので、見る人の想像力をかき立てる。見る人の心が投影され、その人がふだん感じているもの、求めているものが、映し出されるニューアートなのかもしれない。それは、彰悟の無意識と観る人の無意識をつなぎ、彰悟との心の対話になっているようにも思える。

第四章

幸せへのステップ——心の成長

1. 幸せへのステップ

幸せの基準

彰悟が成人を迎えるとき、新たに「知的障害」の判定に必要な医師の診断を受けた。身体の障がいに関しては「呼吸器機能障害」と「音声機能障害」は変わらずあり、「知的障害」は最も重い「最重度」と判定された。

「知的障害」には軽度・中等度・重度・最重度の四段階あり、軽度や中等度の場合は、自立して仕事をすることもできる。重度と最重度は、次のような特徴があるとされている。（https://snabi.jp/article/49「LITALICO 発達ナビ」より）

【重度】書かれた言葉や数量、時間や金銭などの概念を理解することが難しいため、生涯を通して、食事や身支度、入浴など生活上の広範囲にわたる行為において支援が必要であることが多いようです。コミュニケーションにおいては「今、この場」の状態についての、単語や句を使っての簡単な会話のみ可能です。

【最重度】会話や身振りを使ったコミュニケーションは、非常に限られた範囲であれば理解できることが多いようです。身振りや絵カードなどのコミュニケーション手段を使っての表出や他者からの感情の読み取りによって、他人と意思疎通を行うことができます。日常生活において他者からの指示や援助を必要とすることが多くなります。

彰悟は今も一見すると三歳児ぐらいに思える。一緒に生活しているので、彰悟の知的障がいの程度はわかっていることではある。だが、あらためて「最重度知的障害」と判定されると「劣っている」と言われているようで、ちょっと複雑な心境になった。でも、頭でっかちだった私が、転職・独立し、好きな仕事を自由に楽しみながらできるようになったのも、人生観が変わり生きる喜びを味わうことができるようになったのも彰悟のおかげだ。それが社会的には正反対に位置づけされているような気がした。

しかし、少し冷静に考えてみれば、適正な判定を受けることにより、「障害者手当」や介護サービス、割引サービスなど、幅広い福祉サービスを受けることができる。そのための「障害者判定」だ。私は比較の世界で生きていて、無意識に何にでも優劣をつけていたのかもしれない。あらためて、そのことに気づいた。

そもそもかつての私は、「知的障害」があるのは不幸なことだと思い込んでいた。彰悟が生まれてダウン症かもしれないと言われたときは、彰悟の将来に不安しかなかった。普通の幸せは一生来ないと思っていた。でも、今は、彰悟といると幸せしか感じない。

なぜ、彰悟を不幸だと思っていたのだろう?

普通に学校に行き、就職して、経済的に自立すること。友だちがいたり、恋人がいたりすること。恋愛したり結婚したりすること。それが普通の幸せだと思っていた。できないより、できたほうがいいかもしれない。でも彰悟はどれもできていない。それどころか、鼻や口から呼吸できず、声も出せない。常時介護者も必要で、知的障がいは最重度となった。ダウン症と知らされたときの想定よりも、明らかに障がいの程度は重い。しかし、それを不幸と思うかどうかは、自分の「幸せの基準」によるのだろう。

私が思っていた幸せの基準は、周囲や社会からの期待に応え、認められることだった。それは生まれ育った環境や社会の価値観によって無自覚のうちに刷り込まれていたものだった。

幸せって、本当は何だろう？

彰悟は私のような固定観念や偏見がない分、自分の人生を存分に生きている。心や魂とつながって純粋に生きている。

国や民族によっては、ダウン症や障がいを持った子が生まれたら、「神の子が生まれた」とお祝いをするそうだ。

彰悟が七歳の頃、口をパクパク動かしている時期があった。声を出そうとして一生懸命に口を動かす姿を見て、胸が張り裂けそうだった。だが、当時の彰悟の表情を思い返すと、つらそうではなかった。ただ口を動かし、声を出そうとチャレンジしていただけだった。自分で努力できることはする。その結果、うまくいけばいいし、できなければ仕方ない。そして『ぼくは声が出せないんだね。ぼくはみんなと違うんだね』と事実をそのまま受け止めていた。私がつらさを感じていたのは、声を出せなくなった彰悟を不幸だと思っていたからだった。私のとらえ方の問題だった。
何をどうとらえるかは人それぞれ自由だが、自分自身が幸せを感じられる自分の基準を持つことが大切だと思う。それが、同時にまわりの人や社会全体にとっても幸せを感じられる基準であれば、社会全体の幸せにもつながる。そして大切なことは、幸せを感じる力の土台となる人間力を高めることだ。『本当の幸せは自分の中にあるんだよ』と彰悟は身をもって私に教えてくれた。

彰悟からの心のメッセージ
みんな思いこみ。
ぜんぶ、自分がどう思うか、だもんね。

「黙養」と「彰悟」という名前

「彰悟」という名前が驚くべき意味を持っていたことを知ったのは、彰悟が十三歳のときだった。その頃学んでいた『陽明学』に関する本で、あらためて彰悟のすごさを知ることになる。

王陽明がおこした陽明学は儒教の一派で、儒教は二五〇〇年前に孔子が始めたリーダー学だ。ひと言でいえば、「修己治人《しゅうこちじん》」の学問である。「修己治人」とは、自己を修養し徳を高め、その徳によって人に影響力を発揮し、組織や国を治めること。陽明学はその中でも実践・行動を重んじる学問だ。『王陽明と儒教』（井上新甫著）を読んでいて、次の一節に私は目を見はった。

> 私は試したことはないけれど「黙養《もくよう》」という修行があるそうだ。まず一日黙して一語も発しない。ついで三日黙する。それができたら三カ月黙する。ついに三年黙して一語も発しない。三年黙していられればたいへんな人物だという。人間、生まれれば「オギャー」と呱々《ここ》の声をあげる。声をあげるのは生命、必然のやむにやまれぬ要求だから、物をいわぬは相当、苦しいにちがいない。三年黙するというのは難行であろう。
>
> （井上新甫著『王陽明と儒教』）

彰悟は「黙養」という難行をしてたんだ！

この時点で彰悟は三年どころではなく、十三年間も黙している。三年でたいへんな人物なら、彰悟はスーパー人格者、聖人だ。しかも一生黙することになる。私は一語も声を発せず、黙して生きていくことなど到底耐えられない。彰悟はこの難行を当たり前のようにして生きている。彰悟に対し、ますます尊敬の念が深まっていく。

この本を読み進めていくにつれて、彰悟への驚きと感動をさらに感じることになった。


「悟」という字は「口を慎む」ことが字義である。

この字は偏《へん》ではなく旁《つくり》に意味があり「吾」の上の「五」は「刈る」という意から「口を刈る」、すなわち口を慎む。もうひとつの説は「五」は五本の指を表しているので、五本の指で口をふさぐ、すなわち口を慎む。双方ともに口を慎むことであり、悟るとはすなわち口を慎むことである。　（同右）

驚愕した。「悟」にそんな意味があったなんて！

全身にゾクゾク鳥肌が立ってきた。

「彰悟」という名前は私がつけたが、発音や画数を中心に考えたものだ。「悟り」については意識したこともなかった。だが、彰悟の「悟」は「口を慎んで、悟る」という意味だった。「彰」は「あきらかにする、あらわす」という意味がある。「彰悟」は、「口を慎み、悟りをあきらかにする。悟りをあらわす」という意味になる。彰悟の人生をそのまま表すような名前だ。本を読んでこんなに驚いたことはない。

名前も含めて、彰悟は今の人生を送るべくして送っているのかもしれない。

幽山渓谷にはいって滝にうたれて修行する、いわゆる雲水のような行だけが修行ではない。われわれの人生、その気になればいたるところ修行の場である。

陽明学では常に、どこでも自分がおかれたところで修養することを「事上磨錬《じじょうまれん》」といい、これを非常に重んずる。（中略）

事上磨錬の「事」とは人生のあらゆる場面のことと思ってよい。

あらゆる場面を通じて自分を磨いていく。そうすれば人生いたるところ修行の場である。人との応対・応接、仕事の交渉、友人との会話、家族との会話、みな事上であり自分を磨く舞台である。陽明学が実践的行動的といわれるゆえんもここにある。

（中略）「口を慎む」というのは、事上磨錬の手近な日常的な修養といえる。（同右）

彰悟は、声を出せない人生を通して、事上磨錬で修行しているんだ。そして、悟りをあきらかにし、私に人生を教えてくれているんだ。

このとき、あらためて彰悟への敬意と、父として生きられることに喜びと誇りを感じた。私の人生の目的は、事上磨錬で修養し、人間力を高め、魂を磨くこと。そして、一歩でも悟りへ近づくこと。「口を慎む」においては、彰悟と同じようにはできないが、不平不満を感じることがあっても、ぐっとこらえて一度は内省し、むやみに愚痴や不平不満を口にしないことだろう。

彰悟からの心のメッセージ

ぼくは、自分のことをイヤになることはないよ。

だって、自分で自分の人生をえらんできたから。

苦しいときは苦しいけど、それって必要なんだ。

幸せを感じる力1「思い通りにならないことに耐える力」

彰悟は赤ちゃんのときから呼吸困難で何度も窒息したり、体を固定されたり、苦しい手術を乗り越えてきた。どんなに苦しくても死にそうになっても、愚痴や不満を表に出すことは一切なかった。ただ涙を流すのみだった。そのことによって、彰悟は幸せを感じる力の土台となる人間力を高めてきたように思う。具体的にいえば、思い通りにならないことに耐える力、受け容れる力、感謝する力の三つだ。

一つ目の「思い通りにならないことに耐える力」は、私たちが人間的に成熟していく過程で大切な要素の一つでもある。

日常生活の中で、自分の思い通りにならないことは誰にでもある。そのときにどう反応するかで、心の成熟度がわかる。ありがちなのは、その不満を怒りとして相手にぶつけたり、他の誰かに訴えること。これが必要な場合もあるが、そればかりだと心が成熟していかない。その不満の本質的な苦しみ、つらさ、葛藤を自分の中で抱えること。苦しいかもしれないが、思い通りにならないことがあっても、それを抱えることができるようになると不安や不幸を感じる度合いが少なくなっていく。「そういうこともあるよね」と受け止めることができるようになっていく。

彰悟は肉体的にも精神的にも過酷な状況を耐えてきた。苦しさ、つらさを感じ、抱えてきた。声を出せずに、自分の欲求を伝えることもできない状況で生きてきた。それが標準なので、少々のことで不満を感じることはない。不満や不安がない状態を幸せとするならば、幸せな状態が多くなる。

私たちにできることは、思い通りにならない状況が起きたら、一度はぐっとこらえて受け止めること。可能ならば一晩自分の心の中で抱える。徐々にその時間を長くしていく。無理のない範囲でかまわない。

思い通りにならないことを抱えるには、それを抱えられるだけの心の器が必要になってくる。そのために重要なことが、日々のルーティンだ。私が実践しているのは、決まった時間に日記を書いたり、瞑想や呼吸法、感謝したりお祈りすること。日々のスケジュール管理や運動、掃除などを習慣化・ルーティン化すること。そうしたことが心を整えることにつながり、「思い通りにならないことに耐える力」も少しずつ強化されていく。彰悟の日々の行動も完全にルーティン化されている。

彰悟からの心のメッセージ

思ったとおりになったら、うれしいけど、

そうならないことも、たくさんあるよ。

それって、あたりまえだよね。

でも、自分でできることは、がんばるよ。

幸せを感じる力2「受け容れる力」

私たちは人それぞれ「こうあるべき」「こうするべき」という価値観を持っている。私たちが生きていくうえで大切なことだ。ただし、その価値観にしばられていると幸せとはかけ離れた状態になってしまう。自分の価値観に合わない人を責めたり、あるいは「自分はこうあるべきだ」という信念にそぐわない自分を責めてしまう。どちらにしても心に安らぎのない状態になってしまう。

彰悟を見ていると、ほとんどすべてのことを受け容れているように見える。自分自身の障がいや病気も、苦しさやつらさを感じることはあっても、「何で自分だけこんな目にあって」とか「なんて不幸なんだ」と思っているようには感じられない。声が出せなくても「ぼくは声が出せないんだね」と受け容れていた。長時間待たされることがあっても、じっとお地蔵さんのように待っている。人や状況を自分の思い通りにコントロールしようとすることもない。

私は「こうあるべき」という価値観にとらわれすぎて、自分や自分のまわりに起こる出来事に不満を感じたり、コントロールしようとすることが多かった。もちろん、それが必要な場合もあるが、自分の思い通りにならないとストレスが増し、幸せを感じられなかった。

人は誰しも思い通りにならないと、不安、あせり、がっかり、イライラなどのネガティブな感情を感じる。自分や誰かを責めてしまうこともある。

そのようなネガティブな感情を感じたら、その気持ちをそのまま受け容れて、「不安なんだなぁ」「あせっているなぁ」「残念だよなぁ」と自分の心にささやきかけてみることだ。そのときに「そんな感情を感じている自分は未熟だ」と評価や判断を加えず、純粋に感じ、受け容れること。

そこで注意しないといけないことがある。「怒り、イライラ、嫉妬、恨み、憎しみ」の感情を感じたときだ。

私たちの本質的な感情は「第一感情」といって、その源をたどれば二つしかない。

一つは心が満たされる状態で、「愛」に基づくポジティブな感情だ。うれしい。楽しい。愛しい。喜び。ワクワクする。感動する。癒される。ありがたい気持ち。安心感。充実感。満足感。幸福感など。

もう一つは心が満たされず、何か欠乏している状態で、「怖れ」に基づくネガティブな感情だ。不安。心配。悲しい。苦しい。あせり。情けない。悔しい。虚しい。落ち込む。後悔する。絶望感。無力感など。

生きているといろんな感情を感じる。ポジティブな感情は感じたいけど、ネガティブな感情は感じたくない。そこで、私たちは怖れを感じなくていいように、無意識のうちに「第二感情」にすり替えてしまう。それが「怒り、イライラ、嫉妬、恨み、憎しみ」という感情だ。第二感情で他者に責任転嫁しているあいだは怖れの第一感情は感じなくていい。

第二感情を感じたときは、その元にある第一感情を探り、受け容れることだ。

「怖れ」の感情にも重要な役割がある。もし、怖れに基づくネガティブな感情が存在しなければ、「愛」の素晴らしさを感じることができるだろうか？　愛しかなければ、愛が当たり前なので、愛に気づくことはできない。「怖れ」の役割とは、「愛」の素晴らしさに気づくこと。そして、「怖れ」は十分に感じ尽くすと、その役割を終えて蒸発するように消えていく。残るのは愛だけになる。

彰悟は度重なる生死にかかわる体験を通じ、「怖れ」に基づく感情を感じ尽くしたのかもしれない。だからこそ、私は彰悟の存在に愛を感じ、癒されているのかもしれない。

自分の内面に目を向けると、自分の中に様々な自分がいることに気づく。

・人に優しい自分、人に厳しい自分。
・ウキウキわくわく喜んでいる自分、悲しみに落ち込んでいる自分。
・一生懸命に取り組む自分、さぼりたい自分。

どれも自分の一部だ。自分の内面を観察し「どれも自分なんだなぁ」と自分の一部と自覚し、受け容れていく。

自分の内面を振り返る習慣をつくることは大切だ。一日一回は数分時間をとり、今の自分の感情を感じる。日記に感じたこと気づいたことを書き出すと、振り返りがより深まる。

瞑想や呼吸法も効果的だ。ゆっくりと呼吸しながら無意識の中にある自分に気づいたら、それを否定したり、変えようとせずに、「○○なんだね。そんな自分がいたんだね。気づいたよ」と受け容れること。

彰悟はいつも瞑想しているようだ。家にいるときは、和室に一人たたずみ、上を見ていることが多く、ときどき表情を変えながら自分と対話しているようにも見える。他人も自分も責めるようなことはない。すべてを受容しているようだ。

本当の意味で自分を受容できるようになると、周囲の人についても「自分にもそういうところがあるよな」と受容できるようになっていく。否定もなく、争いもない。共感性も高く、謙虚さもあり、感情が安定している状態になっていく。

彰悟はすべての価値判断を手放し、あるがままに世界を見ているようだ。彰悟といるといつも安らぎを感じる。

彰悟からの心のメッセージ
ぼくはあるがまま。

ぜんぶそのまま受けいれて、体験するだけ。
それでじゅうぶん。

幸せを感じる力３「感謝する力」

私たちは、自分にとって好ましい出来事や状況に対して幸せを感じるが、同じ出来事や状況でも人によって感じ方は様々だ。

幸せを感じるには、感謝する気持ち＝「感謝する力」が大切だ。日常の当たり前と思っているようなこと、呼吸できること、食事ができること、寝る場所があることなどに感謝できるようになると、それだけで幸せを感じられるようになる。人は感謝しているときに、同時に不幸を感じることはできない。

私が当たり前と思っていたことに対して、彰悟は感謝しながら生きてきた。

彰悟は生後二か月で気道がふさがりかけてから何度も窒息している。長いときは十数分、呼吸ができない状態を体験した。おそらく臨死体験もしているだろう。彰悟は生きていくうえでの大前提である呼吸を何度も失いかけた。その体験を通して細胞やＤＮＡ、潜在意識に、呼吸ができることのありがたさ、感謝、喜び、幸せが刻み込まれているように思う。そうならば、呼吸できること＝生きていることそのものが、感謝と喜びと幸せでいっぱいになる。それが、彰悟がいつも幸せそうにしている大きな要因のようにも思える。食事の「いただきます」や寝る前の「おやすみなさい」も感謝のあらわれだ。

私も独立後の挫折を経て、感謝する時間を毎日のルーティンに取り入れてからは、ありがたいことが続き、毎日幸せを感じながら生きることができるようになっていった。

また、私たちを導き生かしてくれる存在に深く感謝できると、より幸せに生きていくことができる。

私たちの命の源である親や先祖、地球の大自然や太陽、宇宙、あるいは、この宇宙を創造した何か（一般に「神」と呼ばれる源の力）に感謝すること。すると、少しずつ「私は守られているんだ」と思えるようになっていく。

感謝することによって、自分が守られているという安心感が生まれると、もし、「他人や社会から、自分を守らなければいけない」「他人や社会に認められるために、他人や社会に合わせないといけない」と思っていたとしても、そういう気持ちも薄まっていく。次第に、自分の気持ちにそった生き方ができるようになっていく。それは、心理的にも自立していくことにつながる。

この社会では、「自立しなさい」と言われることがあるが、頭でわかっていても自立できるものではない。人や社会に認められるために「自立しないといけない」と思い、がんばったとしても、怖れや不安が動機の自立は本当の自立につながらない。心の中に「私は守られているんだ」という安心感があって、本当の自分らしさを発揮できる。

子育てする場合も同様だ。子ども時代に充分に「守られている」という安心感があると、自然と自立していく。それには、父性と母性の両方ある健全な上下関係の中で育てることが重要になる。父性とは「切り分けること」。「ダメなことはダメ」と行動に対してきちんと線を引くこと。母性とは「包み込むこと」。「どんなときのあなたも愛しているよ」と存在そのものを受容すること。父性と母性は男女どちらにもあり、男性だから父性、女性だから母性というわけではない。子どもがいつも愛されていると感じ、同時にダメなことをすれば、きちんと教えてもらえる。そういう環境で育つと、子どもは安心して自分らしさを発揮できるようになる。

彰悟からの心のメッセージ

ぼくは幸せ。
生きてるし、いろんな体験ができる。
いろんなけしきが見られる。
おいしいものが食べられる。
いっぱいいいっぱい幸せ。
ぼくは、なにもいらないよ。
おうちもあるし、食べものもあるし、おふろも、おふとんもあるし。
幸せだよ。

自分の気持ちに正直に生きる

彰悟はいつも自分の気持ちに正直でいる。
大好きなキャラクターショーでは会場中見渡しても、こんなに楽しんでいる子は見たことがないぐらい全身から喜びがあふれ出ている。書道教室や絵画教室でも、思いっきり自由に筆を振り回して楽しんでいる。墨や絵の具を飛び散らせていいように特別に部屋を用意してもらうまでになった。運動会のかけっこも歩きたければ、ゆっくりと歩く。イヤなときは「イヤイヤ」と手を振りジェスチャーする。

実はこれが、私たちが心理的に自立していくために大切なことだ。

心理学では「境界線を引く」という。自分と他人との間に明確な線を引くこと。それができれば、人目を気にせず自分らしさを発揮できる。ストレスなく自分の気持ちに正直に生きられる。

具体的には、イヤなときには自分の気持ちに正直に、相手に対して「ノー」を言うこと。心理的に自立が進んでいない依存の状態が残っている人は、人の機嫌に依存してしまう。気乗りしない誘いがあっても、嫌われないために誘いに乗ってしまう。「嫌われないために」が理由の場合は、素直に「気乗りしない」とハッキリと断ることだ。自分がイヤと思うことすべてを断るとなると心理的負担も大きくなるので、少しずつ断りやすいところから、無理のない範囲で「ノー」に取り組んでいくこと。「行きたいけど、別の用事があって」と言うのは自分も相手もごまかすことになる。理由を聞かれても

「気乗りしない」と言う。「気乗りしない」ことに理由は必要ない。それが自分の気持ちに正直に生きるということだ。

ただ、「ノー」を言うときに大切なことがある。単に自分の気持ちを押し通すのではなく、「誘ってくれてありがとう」と相手の気持ちも尊重しながら伝えること。人間関係を円滑にするうえでも大切なことだ。

また、「ノー」の前提として、「思い通りにならないことに耐える力」「受け容れる力」「感謝する力」がある程度必要になる。それがないと単なる幼児的な自己主張やワガママになってしまう。

彰悟は気乗りしないことに対しては、いつもハッキリと意思表示する。書道の賞状を受け取らないときも、車から降りないときもそうだ。彰悟は人とのコミュニケーションをとるのが難しいが、自分との対話は、生まれてからずっと続けている。自分の内側から湧き出てくる想いに純粋に生きている。外から褒められても、自分の喜びとはならない。本来の自分の喜びは、自分の中で純粋に感じるものだ。

彰悟からの心のメッセージ

ぼくはぼくの人生を生きる。
自分が感じたこと、思ったことをだいじにして、
うれしい気持ち、イヤな気持ちを感じる。
それが、生きる、っていうことだもん。
この世界にいる意味だよ。

2. 大安心の世界

私たちの出発点

私は彰悟のおかげで様々な体験をし、苦しいこともあったが、今は毎日幸せを感じながら生きていけるようになった。本当にありがたいし、運がいいと思う。

なんでこうなれたんだろう？

私の考え方が変わってきたからだろうか？

でも、私の考え方の成り立ちを考えると、生まれながらの性質、育った環境、様々な出会いや体験によってできてきたものだ。自分の意思で考えたというより、自然とそうなっているようにも思える。

そもそもの出発点はどこなのかと、さかのぼっていくと、彰悟が生まれたこと。妻と出会ったこと。私や妻が生まれたこと。それぞれの両親や先祖がいて、そのおおもとに地球があり宇宙があること。どれも私の意図したことではない。

だが、すべての出発点は宇宙なのだと考えると、腑に落ちることがある。

近年の宇宙物理学の研究では「ホログラフィック宇宙論」が有力視されつつある。ホログラフィックとは投影された立体映像のことだ。宇宙にはブラックホールがあり、強力な重力ですべてを吸い込んでしまう。ブラックホールの内と外の境界面「事象の地平面」には、すべての情報が記録されているという。逆にいうと、ブラックホールからすべての情報が投影されている。つまり、私たちが認識している宇宙は、ブラックホールから投影された宇宙ともいえる。そういうことが考えられはじめている。まるで映写機からスクリーンに映し出された映画のようだ。

古代ギリシャの哲学者プラトンの代表作『国家』の中に「洞窟の比喩」という話がある。「ホログラフィック宇宙論」と似たような考え方だ。簡単にまとめると次のような話になる。

私たち人間は生まれたときから、どこか深い洞窟の奥に住んでいる。身体は縛られ、洞窟の奥の壁を向かされている。人間たちの背後には塀があり、その後ろで火が焚かれ、塀の上で動かされる人形の影が洞窟の壁に映し出されている。人間たちは自分が見ているものが影だとはまったく気づかない。本物だと信じ込み生きている。

あるとき、そのうちの一人が拘束を解かれ、外の世界を目の当たりにする。彼は太陽が世界を成り立たせていることを理解し、洞窟の人が見ているのは影に過ぎないことを知る。しかし、洞窟につながれた人たちは、戻ってきた彼が説明する世界の真実をまったく信じようとしない。

私が毎日唱えている般若心経でも、私たちの感じている世界はすべて「空《くう》」であると説いている。「空」とは実体がないことだ。私たちが現実と認識している世界は、関係性の中で仮にあらわれた現象のようなものだという。

仮にこの世界が投影されたものなら、誰が投影しているのだろうか？

それは、すべての創造の源である「神」と呼ばれるものだろう。投影しているのが神ならば、投影された宇宙も私たち人間も神の一部となる。森羅万象すべてに神が宿っているという古来日本にある考え方にも通じる。

では、なぜ、神はこの世界を創ったのだろうか？

私たちは対比するものがあって、初めてその存在を知ることができる。暗闇があって、光の明るさに気づくことができるように。もし世界に神しか存在しないとすれば、神は自分を自覚することはできない。神がこの世界を投影し、創造したのは、神自身を知るためだと考えられる。

悟りをひらいた人は、この世界を変えようとはしないらしい。なぜなら、この世界は幻想で、実在の世界は神しか存在しない愛の世界だと知っているから。怖れを感じる出来事があったとしても、「神が愛を知るために怖れを体験させている」と受け止めることができるようだ。

実在の世界は神しか存在しない。であれば、何の不安もなく安心してこの世界で生きていられる。「生きる」とは、自分という肉体に宿った神の一部として、自分の役割を演じ＝体験し、様々な感情を感じること、ということになる。

彰悟からの心のメッセージ

ほんとうは、なにもないの。
だから見ているだけなの。
自分がなにを感じるのかを楽しむの。
いいとか悪いとかはないよ。どう感じても、どう思ってもいい。
それに気づくだけでいいの。

自分の中と深くつながる

心理学において、私たちの意識は三つの領域、「顕在意識」「潜在意識」「集合的無意識」に分けられる。顕在意識は表面にある自覚できる意識。潜在意識は無意識で通常自覚していない意識。私たち個々人は、それぞれの顕在意識と潜在意識で独立した個人の意識を持っている。しかし、その奥底には全人類がつながっている集合的無意識がある。第六感や虫の知らせは集合的無意識の働きと考えられている。私が彰悟と心の対話をしているのは、集合的無意識を通じておこなっているのだろう。

その集合的無意識の奥深い中心部分は神の意識で、それが放射するようにして私たち個々人の意識に投影されているとも考えられる。


神の意識に近づくには、どうすればいいのだろうか?

それには、自分の中の深い意識とコンタクトを取ること。自分との対話だ。日記も自分との対話になるし、瞑想や呼吸法で意識を静めて、自分の内面と対話することもそうだ。


彰悟は幼い頃からずっと自分との対話を深め続けている。

心理学では人の心の成熟度を決めるものは「自分自身とどれだけ深く対話したか」だといわれている。私が彰悟に成熟した人格を感じるのも、彰悟が自分自身と深く対話し続けてきたからだろう。さらに彰悟は、潜在意識の奥の集合的無意識のさらに奥深くの神と対話しているようにも思える。神とつながっている安心感から、身の回りに起こる出来事を純粋に体験し、観察し、よい悪いの判断を手放し、そのまま受け止めているようにも見える。

七夕の願いごとを短冊に描いたとき、彰悟はスーッと線を引くだけだった。彰悟に願いごとはなく、川の流れのように、自分に起きる出来事をただ受け容れていくさまを表しているようにも見えた。

彰悟には、私がフリフリと名付けた儀式がある。スーパーで商品を手に取ると、上下に数秒動かす。果物狩りでも同じ儀式をしてカゴに入れる。食事では一皿食べ終わるごとに、お皿をフリフリしてテーブルに戻す。最初は単なる遊びだと思っていたが、あるときその姿を見ていて、神社で巫女さんが鈴でお祓いをしている姿と重なって見えた。

彰悟はお祓いをしている！

我が家では、年に三回神社でお祓いをしてもらう。その儀式の中で、低頭している私たちに巫女さんが鈴を上下に振ってお祓いをする。彰悟はそれを見て、お祓いの方法を覚えたようだ。振り返ってみると、神社でお祓いしてもらうようになる前はフリフリの儀式はなかった。彰悟は瞑想や自分との対話、神との対話以外にも、私の気づいていない方法で、見えない世界とつながっているのかもしれない。

✿彰悟からの心のメッセージ
ぼくはいつも喜びを感じてるよ。
だから、なにもいらないし、
自分を感じるだけで幸せだよ。
おとうさん、ぼくの気持ちを感じてくれて、ありがとう。

大安心の世界

彰悟は悟っていて、観察者としてこの世界を見ているのかもしれない。

彰悟はこの世界が幻想だと知っているのではないだろうか。赤ちゃんのころから呼吸困難で臨死体験もし、自分との深い対話、神との対話を通して、真実の世界を知っているのではないだろうか。その絶対的な安心感があるから、いつも笑顔で穏やかで、満たされた雰囲気に包まれているのではないだろうか。何ものにもとらわれることなく、神の一部として、愛として生きているのではないだろうか。

彰悟は、過去を悔んだり、未来を思いわずらうこともない。宇宙を、人生を信頼して生きている。この世界は体験することが目的だから、今この瞬間を感じて楽しむ。そして感謝する。彰悟と過ごしていく中で、そう思うようになっていった。

私のこれまでの人生を振り返ると、思わぬ出来事で落ち込むこともたくさんあった。だが、どれも今の私にとっては貴重でかけがえのない財産だ。それがあったからこそ今の私がある。当時、苦しかったことも含めて、今となってはすべてありがたいと思う。自分の言動で「しまった」と思うことがあっても、神が私を通して、そういう体験をし、感情を味わっているんだと思えるようになった。大安心の世界だ。

すべては私たちの魂の成長にとって必要なプロセスで、すべては必然で、すべて順調なことのように感じられる。

今では、彰悟との体験で学んだことを講演したり、コーチングや心理カウンセリングの仕事を通して、クライアントさんの心の成長と幸せをサポートするようにもなった。独立前には考えもしなったことだ。私にとって本当に幸せなことで、導いてくれて彰悟や神には感謝しかない。

私たちが現実と思っている世界は、愛を知るために、様々な困難や試練を体験する世界でもある。

以前は、彰悟が生後二か月で呼吸困難になったとき、病院の初期対応が適切なら気道は治っていたかもしれない、と思うことがあった。また、窒息の影響で脳の機能に一部障がいが残り、知的障がいが最重度になったのかもしれない、と思うこともあった。でも、だからこそ、今の彰悟や私があり、今の幸せを感じることができている。すべては神のシナリオで順調なのだろう。

私が深い意味もわからずに息子につけた名前「彰悟」は、「悟りをあきらかにする」「悟りをあらわす」という意味を持っていた。その名前も、彰悟の人生も、私の人生も、はじめから決まっていたのかもしれない。これからの人生も安心して体験していこう。

彰悟からの心のメッセージ

なにがあっても、だいじょうぶ。

今の気持ちをしっかり感じていればいいんだよ。

田中彰悟 書「月」(右)、「麒麟」(左)

あとがき

「息子さんの将来、心配ですよね」

何度か言われたことがあります。そう思うのが普通かもしれません。息子の彰悟はダウン症で最重度の知的障がいがあり、しかも気道がふさがっていて、声が出せません。気管切開していて痰の吸引の介護も常に必要です。私も息子が生まれた当初は将来に不安を感じていました。でも、今はそんな心配はまったくしていません。

私から見ると、彰悟は自然と周囲の人を幸せにする力があるように思います。それは、彰悟が数々の試練を経て、幸せを感じる土台となる力を身につけてきたからだと思います。思い通りにならないことに耐える力、受け容れる力、感謝する力など、彰悟と過ごす毎日のいろいろな場面でその力を感じてきました。と同時に、彰悟はとってもかわいくて、そばにいるだけで優しい気持ちになれます。実際に彰悟をかわいがってくださる方はたくさんいらっしゃいます。親としても本当にありがたいことです。

仮に将来、私や妻が先立ったとしても、きっと彰悟に必要な介護をしてくれる人はいると思いますし、その人はきっと幸せになれると確信しています。傲慢で勘違いの親バカかもしれませんが、そうとしか考えられなくなりました。

人は、何かを成し遂げることや、しっかりと自立することを目標とすることもあります。でも一番大事だと思うのは、生きている自分を感じていること、どんなことでも受け容れること。そして自然とまわりの人に安らぎや幸せ、愛を感じてもらえること。そのような人になることこそが、私たちの人生のゴールだと思います。私にとって彰悟の存在は愛そのものであり、人生のゴールを体現しているように思えてなりません。

毎朝、私は彰悟と心の中で対話をしています。そのとき彰悟は、いつも私の考えや思いを受容してくれます。「どう思っても、何をしてもだいじょうぶだよ。うまくいったらいいし、うまくいかなくてもいいんだよ。そういう体験をして、その感情を感じることが生きるってことなんだよ」と言ってくれます。おかげで一日が温かい気持ちで始まります。

いつしか、そんな彰悟との日々の中からの学びや気づきを、多くの方にお伝えしたいと思うようになりました。初めてそれを本にしたいと思ったのは、今から十年以上前のことです。それから時間はかかりましたが、今がベストなタイミングだったんだと思っています。そのあいだに、さらに多くの体験を積み重ねることができたからです。これも神様のシナリオかもしれません。

地湧社の植松社長には、私の想いを受け取っていただき、出版にあたり多大なるご尽力をたまわり深く感謝申し上げます。そして、彰悟が生まれてから、ほとんどすべての時間を注いで彰悟を育ててくれた妻、心優しい娘、生死をかけて私を導いてくれた息子・彰悟に心から感謝しています。また、私たち家族を支え、応援してくださった多くの皆さま、本当にありがとうございます。この場を借りて心より御礼申し上げます。

もし、あなたがこの本から何かの気づきが得られたら、ぜひまわりの方とわかち合ってください。この本が一人でも多くの方の心に届き、幸せに生きるための一助になればと願っています。

最後までお読みいただき、ありがとうございました。

二〇二三年四月

田中 伸一

参考文献

飯沼和三『ダウン症は病気じゃない　正しい理解と保育・療育のために』大月書店、一九九六年
野口嘉則『3つの真実　人生を変える〝愛と幸せと豊かさの秘密〟』ビジネス社、二〇〇八年
飯田史彦『[完全版]生きがいの創造　スピリチュアルな科学研究から読み解く人生のしくみ』ＰＨＰ研究所、二〇一二年
福島正伸『仕事が夢と感動であふれる5つの物語』きこ書房、二〇〇八年（動画『強い子』は本書のあとがき中のエピソードより制作された）
Shiori『いぬと話す　ねこと話す　生きものの気持ちがわかる本』自由国民社、二〇一九年
井上新甫『王陽明と儒教』致知出版社、二〇〇四年
マイケル・タルボット『投影された宇宙―ホログラフィック・ユニヴァースへの招待』川瀬勝訳、春秋社、二〇〇五年
プラトン『国家（下）』藤沢令夫訳、岩波文庫（岩波書店）、一九七九年
納富信留『プラトン　饗宴』ＮＨＫ　100分de名著　二〇一三年七月
玄侑宗久『現代語訳般若心経』ちくま文庫（筑摩書房）、二〇〇六年
諸橋精光『般若心経絵本』小学館、二〇〇五年

田中 伸一（たなか しんいち）

1970年福岡県生まれ。プロコーチ、心理カウンセラー、人材育成コンサルタント。大分大学経済学部卒業後、福岡銀行に勤務し、障がいのある息子の病院・施設の関係で転勤のない新日本製薬へ転職。その後、プロコーチの資格を取得し、2008年独立。地場上場企業や自治体から個人まで幅広い依頼を受け、研修受講者は1万人を超える。ドリームプランプレゼンテーション 2011 in 福岡では『幸せ家族プロジェクト～相手に寄り添う気持ちから～』で「感動大賞」受賞。息子と生きるなかで、人生で大切なことを学び、仕事も生き方も大きく変わる。この学びを多くの人に伝えるため、2019年より講演活動やブログを始める。アクシスエボリューション代表。

●アクシスエボリューションのホームページ

https://www.axisevolution.com/

HP　　blog　　lit.link

田中 彰悟（たなか しょうご）

1996年福岡県生まれ。田中伸一の長男。ダウン症があり、生後2か月で気道がふさがり、気管切開をおこなう。以降、口や鼻で呼吸できず、声を出せなくなった。特別支援学校小学部で描いた書道の作品に父が感動し、障がい者向けの書道教室・絵画教室に通いはじめる。福岡市障がい児・者美術展（福岡コアサイドアート美術展）で3度『コアサイドアート賞』を受賞。2021年6月初個展開催。地元メディアで多数報道される。

●田中彰悟の主なアート作品

https://tanaka-shinichi.hatenablog.com/entry/representativeworksofart

お父さん、気づいたね！
声を失くしたダウン症の息子から教わったこと

2023年6月29日　初版発行

著　者　田中伸一　© Shinichi Tanaka 2023
発行者　植松明子
発行所　株式会社 地湧社《ちゆう》
東京都台東区谷中7-5-16-11（〒110-0001）
電話　03-5842-1262　FAX　03-5842-1263
URL　http://www.jiyusha.co.jp/
装　幀　岡本 健＋
装　画　田中彰悟
組　版　スマートゲート
印　刷　モリモト印刷

ISBN978-4-88503-264-6　C0095

たったひとつの命だから

ワンライフプロジェクト編

「たったひとつの命だから」のあとに、あなたならどんな言葉をつなげますか？　この呼びかけに応じてラジオに寄せられたメッセージ集。一人一人の言葉がきく人の心を揺さぶり、深く響き合っていく。

四六判変型上製

みんな、神様をつれてやってきた

宮嶋望著

北海道・新得町を舞台に、様々な障がいを抱えた人たちと共に牧場でチーズづくりをする著者が、人と人のあり方、人と自然のあり方を語る。ここに格差社会を超えた自由で豊かな社会の未来図がある。

四六判並製

この子らは光栄を異にす

山浦俊治著

重い障がいをいくつも併せもつ子どもたちの施設で、子らと職員をめぐる日常の風景を追い、人間本来の豊かな感性、純真な心のありようを見つめながら、障がい児たちの存在の意味そのものを問う。

四六判上製

びんぼう神様さま

高草洋子著

松吉の家にびんぼう神が住みつき、家はみるみる貧しくなっていく。ところが松吉は嘆くどころか、神棚を作りびんぼう神を拝みはじめた――。現代に欠けている大切な問いとその答えが詰まった物語。

四六判変型上製

なまけ者のさとり方

《増補改訂新版》

タデウス・ゴラス著　山川紘矢・亜希子訳

本当の自分を知るために何をしたらよいのか。宇宙や愛や人生の出来事の意味は何か。難行苦行の道ではなく、自分にもっとやさしく素直になることでさとりを実現する方法を具体的に語る。

四六判並製